김예진 씀

호기심 많은 네가 지구별에 내려왔어

-사는 게 조금 서툰 당신에게-

치유소설+에세이집

아뿔싸! 사는것이 이럴줄은몰랐다

사실 우리는 자신을 제일 좋아한다. 어떻게 사랑해야 하는지 방법을
모를 뿐 지구에서의 삶이 조금 서툰 당신에게 드리는 나 사용법, 나
덕후되는 법을 알려주는 자기사랑 실천 에세이

 목차

프롤로그

호기심 많은 영혼, 당신!

당신은 기억나지 않겠지만, 호기심 많은 영혼으로 지구별을 구경
하다가, 이곳에서 살아보겠다고 유학 온 "지구별 유학생"이랍니다.
먼 하늘에서 지구를 구경할 때에는 '저 곳에 가면 뭔가 신나는 일
이 매일 벌어지고 친구들도 많이 사귀고, 여러 가지 일을 하면서
좋은 경험도 많이 해서 알찬 영이 되어서 고향별로 복귀하리라!'

하고 마음먹고 설레는 유학생활을 시작했지만 지구별에서 태어나는 순간 과거의 기억은 모두 삭제되고 내가 이곳에 왜 왔는지도 무엇을 위해 있는지도 모른 채 살아가고 있어요. 지구별의 특징상 이곳에 오게 되면 과거의 기억은 다 삭제되고 인생이라는 학교에서 여러 가지 수업을 받으면서 살아가게 된답니다. 학교라는 곳이 늘 즐겁지는 않잖아요. 그런 것처럼 살다보면 이런 저런 일도 겪으면서 성장하고 또 나아가는 거예요.

아뿔싸! 싶을 거예요. ^^; 살아보니 내 이럴 줄은 몰랐는데, 하면서 지구별 유학을 계획한 것을 후회하는 친구들도, 다시 고향별로 돌아갈래! 라고 외치는 친구들도 이 곳 생활에 영영 취해서 다시 돌아가고 싶지 않다고 생각하는 친구들도 있겠지요. 하지만, 원래 목표는 이곳에서만 경험할 수 있는 여러 가지 일을 통해 알찬 영이 되어 다시 원래 온 곳으로 돌아가는 것이 나의 계획이었답니다. 당신은 기억나지 않겠지만 그리 멀지 않던 과거에 말이에요. 오늘은 당신의 기억을 떠올리기 위해, 잠깐 여행을 떠날거예요.

고향별로의 여행 (동화)

1. 누군가 내 어깨를 두드렸다

지구에 온 나. 낯선 곳에서의 첫날밤을 맞이했어요. 전에는 여러 친구들과 한 방에서 잤는데 오늘은 혼자가 되었어요. 저는 무서웠어요. 하지만 낯선 곳에서 내가 할 수 있는 것이라고는 아무것도 없었어요. 우는 것 밖에는. 베게 속에 머리를 파묻고 입술을 깨물어 울음을 삼켰어요. 그래야 다른 사람에게 제 울음소리가 들리지 않을 테니까요. 실컷 울고는 지쳐서 억지로 잠을 청했어요. 그때였어요. 누군가 내 어깨를 '톡'하고 두드리는 게 아니겠어요? 놀라서 고개를 들어보니 하얀 날개옷을 입은 여자 아이가 날 보고 웃으며 서 있었어요. 좀 더 정확하게 말하면 공중에 떠 있었어요.

2. 하늘로 날아올라

난 처음 보는 존재에 놀라서 어찌할 바를 몰랐어요. 그러자 그 천사 소녀는 미소 지으며 내게 손을 내밀었어요. 낯선 사람이었지만 그 천사 소녀의 미소가 너무나 예쁘고 환해서 나를 헤칠 것 같진 않았어요. 내 마음을 눈치 챈 소녀가 이렇게 말했어요.

"괜찮아."

그 말에 용기를 얻은 나는 그녀의 손을 잡았어요. 내가 손을 잡자 천사 소녀는 열심히 날갯짓을 하더니 높이 하늘로 올랐어요.

'꿈이야 생시야!'

발밑으로 펼쳐지는 풍경이 놀라웠어요. 내 방이 있는 집이 보이고 마을에 옹기종기 모여 있는 작은 집들이 보였어요. 바람을 가르며 날아가자 지나가던 새들이 우리를 보고 놀라서 눈이 왕방울 만하게 커졌어요. 우리는 그런 새들에게 힘차게 손을 흔들어 주었어요.

3. 구름과자

잠시 후 천사소녀는 조금 쉬어가자며 구름 위로 나를 데려갔어요. 우리 둘은 구름 위에 살포시 앉았어요. 처음 느껴보는 구름의 느낌은 폭신폭신하고 엄마의 품처럼 포근했어요. 천사 소녀는 뭉실뭉실한 구름을 조금 떼서 내게 줬어요. 구름은 달고 맛있었어요. 천사 소녀와 나, 구름 위에 앉아 함께 구름을 먹으니 무척 편안한 기분이 들었어요.

4. 아스할아버지

마침내 천사 소녀가 날 데려간 곳은 어떤 공간이었어요. 그 공간은 빛으로 가득 차 눈이 부셨어요. 가까스로 눈을 뜨고 공간 속으로 들어가자 한 할아버지가 돋보기안경을 쓰고 신문을 읽고 있었어요.
"왔구나."
할아버지가 날 보고 말했어요.
"수고했다. 고맙구나."
이번엔 천사소녀를 쳐다보며 말했어요.
"우리, 차 한 잔 할까?"
할아버지는 천천히 몸을 일으켜 주전자에 물을 붓고 차를 끓이기 시작했어요. 그 동안 우리는 테이블에 앉아 주위를 두리번거렸어요. 할아버지가 차를 끓이는 사이 나는 나지막하게 천사 소녀에게 물었어요.

"저 할아버진 누구야?"
"응, 아스 할아버지이라고 이 세계를 관리하는 분이셔."

천사소녀가 대답했어요.

"이 세계를 관리? 그럼 교장선생님이셔?"

내가 다시 물었어요. 그러자 천사소녀가 되물었어요.

"교장선생님?"

"응, 학교 교장 선생님처럼."

내가 대답하자 천사소녀가 알겠다는 듯 고개를 끄덕였어요.

"아, 비슷한 거야."

천사소녀가 대답했어요.

"다 됐다."

할아버진 나와 천사소녀 앞에 나란히 찻잔을 놓았어요.

"먼 길 오느라 수고했다. 이걸 마시면 피로가 가실거야."

할아버지가 주신 차는 무척 달고 시원했어요. 정말로 차를 마시니 몸이 가벼워지는 느낌이 들었어요. 마치 몸이 없어져 버린 것 같이 말예요.

"차 이름이 뭐예요?"

차가 너무 맛있어서 할아버지에게 이름을 물어봤어요.

"맛있지? 차 이름은 '천상차'라고 해. 하늘나라 차지. 이 차를 마시면 너도 이제 이 세계를 마음대로 여행할 수 있을게다."

할아버진 나를 꼭 안아주었어요. 할아버지에게선 푸근하고 편안한 냄새가 났어요. 따뜻한 찻잎 냄새와 탄 나무 냄새가 섞여 있었지만요.

"즐거운 여행이 되길 바란다."

할아버지는 천사소녀에게는 윙크를 해 주었어요.

"이 꼬마숙녀 잘 부탁해."

할아버지의 모습이 우스워서 천사소녀와 난 '꺄르르' 소릴 내며 웃었어요.

5. 용기있는 영혼

함께 날아간 하얀 원피스를 입은 소녀들이 가득한 방이었어요.

"여기가 어디야?"
"이 곳은 지구에 태어나려고 대기하고 있는 방이야."
"흰 원피스를 입은 애들은?"
"너처럼 지구에 가고 싶어 하는 아이들이지."
"왜, 아름다운 이곳을 놔두고 지구에 가고 싶어 해?"
"지구에 가려는 이유는 이곳에서는 경험할 수 없는 수많은 감정들을 경험할 수 있기 때문이지. 하늘에서의 삶은 지구에 비하면 너무 단순해. 사랑과 평온함만 있지."
"사랑과 평온함만?"
"그래, 이곳엔 굶주림도 슬픔도 없어. 네가 생각하는 천국 같은 곳이 이곳이지. 하지만 나는 너와 비슷한 또래지만 네가 왜 새로운 곳에서 불안해하는지 잘 모르겠어. 그런 감정은 경험해 보지 못했거든. 넌 참 용기 있는 영혼인 것 같아. 무서운데도 지구로 가는 것을 선택했으니까."
"나는 여기 살고 있는 네가 부러운데."
내가 혼잣말을 하자 천사 소녀는 '피식'하고 웃었어요.
"곧 오게 될 텐데 뭘."
하지만 이렇게 내뱉고는 곧 후회한다는 듯 입을 틀어막았어요. 나는 더 묻고 싶었지만 이곳에서 사귄 친구인 그녀를 곤란하게 하고 싶지 않았어요.

6. 지구에 온 이유

방을 나온 천사소녀와 난 푸르름이 끝없이 펼쳐진 동산 위에 함께 앉았어요. 부드러운 바람이 살랑살랑 불어와 코끝을 간질였어요.

"괴로움이 뭔지 알기 위해 지구에 태어나려 하다니 어쩐지 슬픈걸."

풍경을 바라보며 내가 말했어요.

"그래, 하지만 슬픔을 알지 못하면 어른으로 성장하지 못하는걸."

천사소녀가 대답했어요.

"그래도 즐거운 일이 많이 생길거야. 학교에도 갈 테고 친구들도 사귈 테지. 싸우기도 하겠지만 다시 화해도 할 거야. 살아가면서 여러 가지 추억을 쌓아 나갈 거야."

천사소녀가 말했어요.

"넌 어떻게 그렇게 잘 아니?"

내가 묻자 천사소녀가 답했어요.

"구경하거든 여기서. 지구 사람들이 텔레비전을 보는 것처럼 우리도 지구 사람들을 구경하거든."

나는 알겠다는 의미로 고개를 끄덕였어요. 그러자 그녀가 내게 손을 내밀었어요.

7. 탄생의 방

우리가 간 곳은 어떤 아기가 있는 방이었어요. 그 아기의 얼굴을 가만히 보고 있으니 익숙한 느낌이 들었어요.

"저 아긴 태어나기 전의 너야."

"헉!"

놀라움으로 나는 눈이 커다래졌어요. 나일지도 모르는 아기의 머리맡엔 역시 나무표가 걸려 있었고, 거기엔 xxx년에 xxx년에 내 인생에 어떤 일이 일어나게 될 것이라고. 그걸 보자 또 질문이 생겼어요.

"살면서 일어나는 일들은 내가 미리 결정한 일이야?"

"응, 우연처럼 보이지만 사실은 결정한 일이지. 세세한 것 까지 정해 놓지는 않지만 삶에 영향을 끼칠 만한 사건들은 그런 셈이지. 아니면 최소한 지구에 내려오기 전 네가 선택한 삶이야. 계획 했던 일이 틀어지는 경우도 있는데 그럴 때에는 비슷한 경험을 할 수 있는 다른 사건이 벌어지지. 너의 경우는 그렇지 않지만."

"난 전~~혀 기억이 안나."

"그건 지구에 가기 전 기억을 다 지우고 가기 때문이야."

"왜? 그럼 너무 괴롭지 않아. 아무런 기억이 나지 않다니."

내가 묻자 천사소녀는 어깨를 으쓱하며 대답했어요.

"그렇지. 하지만 닥쳐오는 일들의 진정한 의미를 깨닫기 위해서는 어쩔 수 없어."

난 인정하지 못하겠다는 의미로 입을 삐쭉 내밀었어요.

"난 그런 계획 짠 적 없다 뭐."

천사 소녀는 골이 난 내 얼굴을 보고는 미안해했어요.

"내가 괜한 걸 알려줬나? 네가 힘들어 할 줄 모르고."

그녀는 어른이 아이에게 하는 것처럼 한 쪽 손으로 내 등을 토닥 토닥 두드려 주었어요. 그리고는 엄마가 아이를 달래듯 말을 이어 갔어요.

"내 말 잘 들어. 지금 네가 내가 하는 말을 이해하긴 어려울거야. 하지만 앞으로 넌 일찍부터 상실감이 무엇인지 배우게 될 거야. 그런 이유로 마음은 괴롭지만 일찍 철이 들 거야. '내가' 누구인지에 대해 끊임없이 생각하게 될 테니까. 이런 고민은 어릴 때는 잘

하지 않으니까."

그녀의 다정한 말투와 토닥임 덕에 마음이 누그러뜨려진 난, 조금 슬픈 목소리로 대답했어요.
"철이 든다는 건 슬픈 거구나."
천사 소녀는 고개를 끄덕여 공감했어요.
"걱정 마! 극복할 테니까. 넌 남달리 남을 돕고 싶어 하는 마음을 갖고 태어났거든. 그 마음이 여러 가지 어려움을 극복하게 해 줄 거야."
"그 마음이랑 잘 극복하는 거랑 무슨 상관이 있니?"
내가 이해하지 못하자 천사 소녀가 답했어요.
"자라면서 비슷한 처지의 사람들을 많이 만나게 될 거야. 그러면서 그 사람들의 아픔을 이해하고 함께 하려고 하지. 그러면서 네 상처도 치유가 되는 거야. 처음엔 상실감, 외로움, 때때로 찾아오는 말 못할 감정 때문에 힘들어하겠지만 네 마음이 커져가면서 그런 것들을 품게 되지."
"흠....엄마 같은 거네?"
천사 소녀의 얘기를 듣고 내가 물었어요. 그러자 천사 소녀가 미소 지으며 대답했어요.
"응! 엄마 같은 거야."
하지만 난 다시 궁금했어요. 왜, 나만 그런 것인지.
"왜 나만 이렇게 태어나는 거야?"
천사 소녀가 대답했어요.
"그렇지 않아. 지구에 태어나는 모든 사람들은 저마다 삶의 주제가 있지. 그러니까 뭐라고 설명해야 하나 살아가는 이유 혹은 끊임없이 나를 괴롭히는 어떤 한 가지가 있어. 그건, 보통 얘기하는 공부거리인데. 이런 것을 극복하는 과정이 지구에서 네가 계획한 공부야."

"그런 공부를 왜 하는 건데?"

"아까 얘기한 것처럼, 그런 공부를 극복하면서 너의 영혼이 성장하거든. 그렇게 영혼을 살찌우기 위해 많은 영혼들이 다시 고향별에 돌아올지도 모르면서 지구에 간단다. 진화를 위해."

"다른 사람들도 그런 공부거리가 있어?"

"물론이지. 너를 둘러싼 모든 사람들, 심지어 행복해 보이는 사람들도 공부거리가 있단다. 누구의 공부거리는 눈에 보이고 어떤 이의 공부거리는 눈에 안 보이는 경우도 있는데, 너 같은 경우는 눈에 안 보이는 공부거리인거지. 마음공부를 하러 간 거니까."

이해가 될 것 같기도 하고 안 되는 것 같기도 하지만 천사 소녀가 워낙 다정하게 이야기를 하니 나는 더 이상 뭐라고 물을 수가 없었어요.

8. 알아보다

"이상하지. 널 처음 봤는데 오래 전부터 알았던 것 같아. 같이 있으면 편안하고. 난 네가 좋아."
내 말에 천사 소녀는 고개를 들어 내 얼굴을 쳐다보았어요.
"모르겠니? 우린 친구였어."
"우리가?"
"그래!"
나는 알듯 말듯 고개를 갸웃했고, 천사 소녀는 내 눈동자를 뚫어지게 쳐다보았어요. 그러자 순식간에 깨달음이 찾아왔어요.
"아!"

그랬어요. 그녀와 난 둘도 없는 단짝이었고, 이곳에 살면서 같이 지구를 구경하는 것을 좋아했어요. 지구에 가면 많은 것을 공부하고 돌아올 수 있다는 것을 알았지만 그 곳에서 사는 것은 너무너무 용기가 필요 한 일이었어요. 결국 둘 중에서 성격이 급한 내가 지구에 먼저 내려가겠다고 했고, 천사 소녀라고 불렀던, 사실은 내 단짝친구 리나가 나의 수호천사가 되어 주겠다고 약속했던 것이었어요.
"리나!"
"이름이 기억나?"
리나는 놀라워하는 표정을 지으며 물었어요.
"응, 내 이름도!"
기억이 돌아온 나는 기쁜 마음에 리나의 손을 잡고 빙글빙글 춤을 추었어요.
"리나야!"
"세나야!"

한 참을 우리는 서로를 바라보며 가만히 앉아 있었어요. 소중한
이 순간을 깨뜨리는 것이 싫었거든요.

해는 저편으로 뉘엿뉘엿 넘어가고 동산이 붉게 물들었어요.
"돌아가면 다 잊어버리겠지?"
넘어가는 해를 바라보며 내가 말했어요.
"아무래도."
리나는 안타까워하며 대답했어요.
"그럼 여기서 알게 된 것이 소용없잖아. 왜 데려왔니?"
"걱정 마, 난 네 곁에 늘 있을 거니까."
리나가 안심시켜 주었어요.
"그래도 기억 못 하는데."
"네 영혼은 기억할거야."
리나는 다시 한 번 확인 시켜 주었어요.
이별이 시간이 다가오고 있었어요. 모든 것을 알게 되었지만 곧,
모든 것이 기억나지 않게 되겠지요.

9. 각인의 거울

우린 다시 돋보기안경을 낀 할아버지의 방으로 돌아왔어요. 그의 이름은 아스. 우리들의 아버지이자 할아버지였어요. 우리는 그들 '아스 할아버지'라고 불렀답니다.

"아스할아버지!"

내가 반가움에 소리치며 다가가자 아스 할아버지가 나를 꼭 안아 주었어요.

"돌아왔구나, 기억이!"

아스 할아버지의 말에 나는 고개를 끄덕였어요.

리나와 나, 아스 할아버지는 테이블을 둘러싸고 한참 이야기꽃을 피웠어요. 그간 있었던 일을 재잘재잘 말하다보니 시간이 가는 줄 몰랐어요. 하지만 이별의 시간은 다가오고 있었죠. 제 기억이 돌아온 걸 보면요. 잠시 후, 우린 떠날 채비를 했고 아스 할배가 내게 다가와 무언가를 내 손에 꼭 쥐어주었어요. 그것은 조그마한 은거울이었어요.

"이게 뭐예요?"

나의 물음에 할아버지가 대답했어요.

"각인의 거울."

"각인의 거울이요?"

"잘 간직하고 있다 보면 오늘의 일이 떠오를 거야. 지구로 내려가면 눈에 보이진 않을게다. 하지만 힘들 때나 외로울 때 각인의 거울을 떠올리면 이곳에서의 일이 기억에 날게다."

"소중한 것 아녜요? 이런 걸 제가 가져도 되나요?"

내가 묻자 아스 할아버지는 미소 지으며 고개를 끄덕였어요.

우리를 향해 손을 흔들어 주는 할아버지를 뒤로하고 리나와 난

그 방을, 아니 그 세계를 떠났어요. 구름을 지나고 바람을 가르며
열심히 날아가자 어느새 내 방에 다다랐어요.

"후아암. 오랫동안 여행을 했더니 졸리네."
정말이지 난 너무나 졸려서 견딜 수가 없었어요. 하지만 눈을 감
을 수도 없었어요. 그러면 이제까지의 일들이 다 사라져버릴 것
같았거든요. 나의 마음을 눈치 챈 리나가 침대 옆에 살포시 앉았

어요.

"눈 좀 감아볼래? 겁내지 않아도 돼."

리나의 말에 안심이 된 나는 눈을 감았어요. 그러자 리나는 자신의 입김을 내 얼굴에 '후' 하고 불어주었어요. 그러자 나는 거짓말처럼 편안하게 잠자리에 들었어요. 내가 잠든 사이 리나는 훌쩍 하늘나라로 다시 떠났어요.

10. 꿈을 꾼 걸까?

다음날 아침이 밝았답니다. 세나는 눈을 떴어요. 주변 풍경은 어젯밤에 잠들기 전과 달라진 것이 없었어요. 침대도, 창문도, 가지고 온 짐도 모두 그 자리에 그대로 있었어요. 하지만 기분이 이상했어요. 분명 어딘가 멀리 떠났던 것 같은데 기억에 나질 않았기 때문이에요.

"꿈을 꾼 거겠지?"

세나는 혼잣말을 중얼거리며 창가로 다가갔어요. 창문을 열자, 안으로 눈부신 태양빛이 파도처럼 밀려들어왔고, 마당의 나무와 꽃들이 이슬을 머금고 태양빛에 반짝반짝 빛나고 있었어요.

그 풍경을 본 세나의 가슴엔 어제의 불안했던 마음이 사라지고 새로운 감정이 차오르는 것을 느꼈어요. 그것은 앞으로의 나날에 대한 설렘과 기대 같은 감정 이었어요. 뭣 때문인지는 정확하게 알 수 없었지만 지금의 자신이 더 이상 어제의 자신과 다르다는 기분이 들었어요.

세나는 자기도 모르게 가슴에 가만히 손을 얹어보았어요. 그러자 어젯밤 보았던 리나의 얼굴이 선명하게 떠올랐어요.

"꿈이 아니었어."

마음 속 각인의 거울이 작동 한 것일지도 모르겠어요. 세나는 한

동안 그대로 서서 창밖의 풍경을 바라보았어요. 그녀의 얼굴에는 살짝 미소가 떠올랐고 하늘 위에 밝게 빛나는 해님도 그녀의 새로운 곳에서의 삶을 축복해주는 것 같았어요.

호기심 많은 영혼인 네가 지구별에 내려왔다.

호
기
심
많
은
영
혼

당신은 호기심 많은 우주의 영혼으로 세상에 대해 배우고자 용기
있게 지구의 삶을 선택한 영혼이다. 작아보여도 작지 않은 삶이
다. 당신을 지켜보고 있는 수많은 영혼들이 있다. 그리고 잊지 말
자 바로 옆의 사람도 그렇다는 것을. 나는 사실 나를 가장 좋아하
고 사랑한다는 것을 안다. 그것이 잘 안되니까 자기비하로, 열등
감으로, 자신을 싫어하는 것처럼 행동이 나타나지만 싫어하는 감
정과 좋아하는 감정은 동전의 양면처럼 함께 존재하는 것이다. 사
실은 나를 사랑하고 싶은데 그것이 잘 안되니까 싫어하는 것처럼
느껴지고, 사실은 잘나고 싶은데 그것이 잘 안되니까 자기비하의
감정으로 이어지고. 마음 속 깊이 나는 나를 제일 좋아하고, 내가
가장 궁금하고, 내가 제일 좋다. 이 책은 나를 사랑하기 위해 나
를 공부하고, 나를 '덕질'하고, 나를 탐구한 여러분과 같은 지구별
유학생의 나의 마음공부의 기록이다. 우리는 어려운 길을 걸어가
는 같은 학교에 입학한 친구들이다. 나는 나를 알고, 나를 사랑하
고, 나를 확장시키기 위해 이곳으로 온 사람들이다. 어린 시절의
나는 사는 것이 재미있었다. **정확히, 나를 사랑하는 것을 멈추게
되면서 인생이 재미없어졌다.** 나는 이제 나를 덕질할 것이다. 나
에 대한 탐구를 멈추지 않을 것이다. 나로부터의 여행, 시작!

나
는
누
구

이 질문을 자주 하고 자주 듣는다. 사람은 역시, 자기 자신에 대해 제일 궁금한 법이다. '나'라는 존재에 대한 깨달음은 두 가지 방법으로 가능하다. 하지만 이 두 가지가 따로 존재하는 것이 아니다. 동시에 이루어진다. 먼저, 타인과의 교류를 통해 나라는 존재를 발견할 수 있다. 비슷한 사람끼리만 있으면, 내가 어떤 존재인지 발견하기가 어렵다. 나와 생각이 다른 사람과의 소통, 내가 살던 지역을 떠나 다른 곳에서 온 사람들을 만나고, 내게 생소한 것들과의 만남을 통해, 내가 어떤 사람인지를 파악할 수 있다.

그러기에 사람은 사람이든, 동물이든, 자연이든 "만나야" 한다.

그리고 무엇보다 나와의 만남을 게을리 하지 않아야 한다. 타 존재와의 교류도 중요하지만, 자신과의 만남이 가장 중요하다. 명상을 하는 이유는 생각과 감정에 딱 붙어있는 나에게 간극을 주어 자신의 모습을 객관적으로 바라보기 위해서이다.

일기를 쓰는 것도 좋은 방법이 될 수 있다. 하루에 있었던 사건들에 대한 내가 느낀 점이나 생각한 것들을 적어 내려가면 마음이 차분해 진다. 마음이 고요하게 내려앉을 때 드러나지 않았던 것들이 하는 말들을 비로소 들을 수 있다. 그리고 그 고요 속에 드러난 것들을 따르며 살면 된다. 나의 본성에 가장 가까운 말들이 드러나는 순간이니까.

각자는 자신 안에 거대한 힘이 잠재되어 있다. 왜냐하면 사람은 각자 신의 아들이기 때문이다. 자신 안에 있는 힘을 찾지 않아서 쓰지 못하는 것이다. 우리는 모두 신의 아들이고 딸이며 천지만물이 그러하다. 내가 신의 자식임을 깨닫는다면 실로 그렇다고 믿는다면 내 안에 숨어있는 힘을 깨달을 것이다. 그리고 내가 믿어야 할 것은 내 자신이라는 것을. 살아가면서 습득한 지식이나 정보를 비워내고 마음속에서 떠오르는 의심을 비워내고 끊임없이 떠오르는 이런 저런 생각을 배워내고 내면에 집중해보면 느껴질 것이다. 나는 근본적으로 **신의 아들**이라는 것을 그렇기 때문에 타인에게 모자랄 것도 비굴할 것도 없는 신의 자식이라는 것을 느낄 수 있을 것이다. 근본에 닿아 있다면 외부의 조건은 그저 입고 버릴 수 있는 옷과 같은 것이다.

성
장
은

나는 ~입니다. 라고 말하는 순간 그것은 맞는 말이기도 하고 아닌 말이 되기도 한다. 대기만성이라는 말이 있다. 큰 그릇일수록 늦게 완성된다는 말이다. 큰 그릇일수록 완성되는 시간이 더욱 오래 걸리는 것은 맞다. 하지만 진정한 의미로 성장은 죽는 그 순간까지 계속되는 것이다. 사람은 완성된 존재가 아니라 죽는 그 순간 까지 변할 수 있는 존재이다. 그 변화를 얼마나 긍정적으로 이끌 수 있는지에 따라서 인간으로서의 격이 달라진다. 그것이 지구에 온 유학생들의 과제이며, 학생의 본분이다. 생명이 있는 존재는 살아있기 때문에 정의 내릴 수 없는 존재이다. 우리는 살아가고 성장하는 '동사' 같은 존재들이다.

어
떻
게
살
아
야

어떻게 살아가야 할지가 고민이라면 내가 누구인지를 알아야 제대로 방향을 설정할 수 있다. 내가 누구인지를 알기위해서 스스로를 이해하기 위해 노력하고 그 과정에서 나는 나와의 관계를 잘 설정할 수 있다. 그것은 혼자의 힘만으로는 힘들다. 너와 나의 관계 속에서 상대의 나에 대한 눈빛과 말 속에서 나를 발견하는 것이다. 또 세상에 나아가 사물과의 교감 속에서 새로운 나를 발견하고 타자는 나와 연결되어 있는 나의 확장된 자아라는 것을 깨닫는 것이다.

그렇기에 나의 성장은 나로부터 시작하여 이웃과의 관계 속에서 세상과의 관계 속에서 지구촌과의 관계 속에서 넓혀가는 과정이다. 수많은 관계 속에서 생겨나는 질문, 사건, 부딪침, 또 생로병사 이런 것들의 맞물림 속에서 나는 생각하고 나름의 답을 얻고 스스로의 부족한 면을 깨우치며 나아가며 성장해 나간다. 그러므로 삶의 이유는 거대한 무언가에 있는 것이 아니라 일단 살아가는 것, 그리고 받아들이는 것, 그리고 새로 창조하는 것이다.

정
의
거
부

지식을 쌓은 후엔 그것을 버려야 한다. 자신이 쌓은 지식에 대해 정의내리지 않고 열린 마음을 가지고 삶을 살아가자. 진리의 말씀 이라고 해도 내가 아닌 타인의 입술에서 나온 말이다. 내 것인 진 리는 내 삶을 통해 그것을 살아내어 체득한 것이라야 한다.

첫
걸
음

변화하는 것은 두렵다. 결과를 예측할 수 없다는 점에서 그러하 다. 하지만 세상에 태어난 것 자체가 변화로 가득 찬 지구에서 유 영해보겠다고 내가 결심했기에 태어난 것이다. 몸을 입고 태어난 것 자체가 그리고 하필이면 이 시대에 태어난 것 자체가 우연이 아니다. 지금은 기억나지 않아도, 멀지 않은 과거에 내가 선택한 일이었다. 그렇기에 삶이 내게 주는 것들에 대해 기민하게 깨어 있으려 해 보자.

올
려
다
보
자

내가 겪는 경험들은 훗날 우주를 운행하는 자산으로 쓰일 것이며
누군가는 나의 발자취를 통해 진리의 문으로 인도 될 것이며 우
리들의 역사는 우주를 움직이는 역사가 될 것이다. 작은 것 같아
보여도 작지 않은 삶이다. 저 하늘의 반짝이는 별들 중 내가 온
곳도 있으니 매일 밤 고개를 들어 별들을 바라보면 내가 온 곳의
고향별 사람들이 당신에게 분명히 말을 걸 것이다. 인간의 언어로
말을 거는 것은 아니지만 당신이 들으려고만 한다면 반드시 들릴
것이다. 나의 영혼이 그 말을 듣고 당신의 몸에서 그 말은 눈물이
되어 흘러내리고 당신은 알 수 없는 그리움(Fernweh)에 밤잠을
설칠 것이다. 자주, 하늘을 올려다보고 밤하늘을 바라보아라.
반·드·시 응답을 해 줄 것이다.

재
능

당신이 가지고 있는 재능은 사실 하늘이 준 선물이다. 재능은 그
것을 통해 자신뿐만 아니라 타인의 성장을 돕기 위해 주어진 것
이다. 자신이 지닌 재능은 자신의 것이 아니라 살아있는 동안 쓰
라고 우주에서 잠시 빌려준 것이다. 이런 종류의 재능은 씨앗만
하늘에서 주는 것이고 그것에 물을 주고 키우는 것은 내가 해야
할 영역이다.

나
의
이
유

내가 태어나서 살아가는 이유는 나의 성장에 있다. 삶을 통해 성
장하면서 성장하는 과정이 내가 누구인가를 알아가는 과정이다.
내가 누구인지를 알아가는 것은 한 번에 끝나는 것이 아니라 평
생을 걸쳐 계속되고 또 발견하는 것이고, 만들어 가는 과정이다.

무
엇
을

우리는 그냥 살아갈 수는 없다. 아무 일도 없이 그저 흘러가는 대
로 살아갈 수는 없다. 일이 필요하다. 그 일은 먹고 사는 문제를
떠나서 창조하는 것과 연결이 되고, 그 일이 타인을 돕는 것이라
면 더욱 의미가 있다. 나는 그 일을 하고 있는가? 일이라는 것도
사실은 도구일 뿐이다. 그 일을 통해 내가 성장하고, 타인과 소통
하고 교감하면서 사랑을 나누고 세상에 좋은 에너지를 전하는 것
이다. 내가 하고 있는 일이 큰지 작은지는 타인이 결정할 수 있는
일이 아니다. 그것은 나의 영역이다. 다만, 내가 어떤 마음으로 하
는지가 중요하다. 하늘에서는 그 마음을 바라본다. 왜냐하면 **우주
는 마음을 동력으로 하여 움직이는 곳이니까.**

지금 내가 하는 일에서 보람을 느끼지 못한다면 혹은 내가 맞지
않는 옷을 입고 있는 것처럼 느껴진다면 남들 눈에는 멋지고 훌

룽해 보여도 마음 속 깊이에서 아닌 것 같은 느낌이 든다면, 침묵과 고요 속에서 내면의 목소리를 따라가 보아라. 내가 하는 일에서 행복과 보람을 느낀다면 매일은 아니어도 자주 그러하다면 그 일이 직업을 의미하는 것은 아니다. 아마도 당신은 이미 자신의 길을 잘 찾아서 걸어가고 있는 것일 것이다. 일에서 느낀 기쁨의 에너지를 상대에게 전할 수 있다면 그것으로 당신은 세상이 좀 더 밝아질 수 있는데 기여한 것이다.

안
주
와
경
계

안주하는 것을 경계해야 한다. 자연이 변하고, 하루가 변하고, 우주가 변하듯이 나도 내 일을 통해 변화하는 것이 자연스러운 것이다. 처음에는 나로부터의 변화, 다음에는 이웃, 자연, 하늘까지 나의 자아를 확장 시키고 그들의 입장에서 생각하고 이해하는 데까지 이른다면 아마도 지구에서의 내 역할을 마무리 할 시기가 다가왔다고 생각해도 좋다.

형
제

나라는 존재는 결국, 어떤 존재와 동 떨어져 있는 것이 아니다. 나무 위에 붙어 있는 가지, 뿌리, 기둥, 잎처럼 서로 겉으로 드러난 모습만 다를 뿐 같은 뿌리에서 나온 형제라는 것을 깨닫길 바란다. 주변 사람들, 동물, 자연, 하늘의 별, 태양, 달 모두 연결되어 있다는 것을. 고대의 사람들은 그런 사실을 자연스럽게 체득하고 살았지만 인간이 자연으로부터 멀어질수록 인간의 지적능력은 상승했을지 몰라도 영적능력은 퇴보하고 말았다.

한
국
인

한국인들은 고래로 우주만물이 서로 형제라는 것을 알고 있었으며 천지인에 근거하는 우주 공동체 의식이 있었다. 인간은 본래 하늘에서 왔으며 죽으면 본래 온 곳으로 돌아온 곳으로 가는 것이라고 믿었다. 그래서 '죽었다'는 말을 할 때 돌아가셨다는 표현을 쓴 것이다.

99%
와
1%

영적인 세상과 물질의 세계는 동전의 양면처럼 붙어있는 것이다. 모든 사물에는 혼이 깃들어 있다. 인간만 해도 정신과 육체로 이루어진 존재이다. 인간에게서 영적인 면을 빼면 인간이 기계와 다를 것이 무엇이 있을까? 몸을 입고 살아가기에 몸을 유지하는 데 많은 에너지가 들지만 동시에 영적인 존재라는 것을 잊지 말아야 한다.

의
무

단순히 어떤 일을 통해 얼마나 많은 돈을 벌고, 인정받고 유명해
지는 것을 넘어 내가 얼마나 그 일을 통해 성장할 수 있으며, 내
가 느낀 감정과 깨달음, 지혜를 세상과 나눌 수 있을지 고민해야
하는 것이 사람으로 태어난 사람의 의무이다. 더불어 행복해지고
싶다면 말이다. 사람은 내가 살아있다는 것, 생명을 받고 몸을 입
고 살아가는 것에 대해 당연하게 여기고 살아가고 있다. 하지만
이 넓디넓은 우주공간에서 몸과 생명을 받았다는 것이 무엇인지
궁금해 하며 알아야 한다.

죽
는
다

태어난 이상 언젠가는 반드시 죽는다는 것을 기억하고 산다면 지
금보다 좀 더 겸손해 질 수 있을 텐데.

떠
나
라

내가 누구인지를 알기위해서는 자신의 자리에만 머무르지 말자.
자신의 자리를 떠나보아야만 자신이 누구인지가 더욱 잘 보일 것
이다. 자신의 이름, 직업, 나이를 벗어난 자신 있는 그대로의 자신
을 발견하기 위해서는 입고 있는 옷을 벗어버릴 수 있어야 한다.
당신의 이름, 직업, 나이, 국적, 성향, 이런 것들은 여기에 한정되

어 입고 있는 가벼운 옷 같은 것이다. 본래적인 것, 근본적인 것
은 그런 옷처럼 벗어버릴 수 있는 정체성으로 변할 수 있는 것이
아니다.

나
는

나를 알기 위해 나의 자리를 벗어나 세계를 여행하고 사람들과
교류를 가지듯 나의 삶은 타인의 삶과도 연결 된 것이다. 자신의
삶은 물론 타인의 삶을 돕는 것까지 포함하는 것이다. 그러므로
나는 내 삶에 책임감을 느끼고 삶을 운전해 가야 한다.

자
기
책
임
제

우주는 사랑으로 가득한 곳이다. 하지만 인간에게 자유의지가 주
어진 만큼 그 만큼의 책임이 지워진다. 자신의 일에 대해서는 자
신이 책임지는 것 그것은 엄정한 우주의 법칙이다. 아무런 느낌도
생각도 가지지 못한다면 세상살이가 편할 것 같지만 그것만큼 비
극적인 것도 없다. 배운다는 것은 감정을 느끼고 그것을 통해 생
각을 하고, 나름의 지혜를 얻는 것인데, 무엇도 느끼지 못하고, 생
각도 하지 않는다면 내가 힘들게 살아갈 이유가 있을까? 내가 한
사람의 인간으로 태어나서 자라고, 성숙해지는 과정에는 살아내는
것이 포함되어 있다. 아무리 힘들어도 살아내는 것, 그것만으로도
대단한 것이다. 일상은 투쟁의 연속이고 그 싸움에 이겨서 오늘

하루도 그럭저럭 버텨냈다면 자신을 칭찬을 해 주어라.

아
름
다
운
삶

나의 겉모습에 상관없이 내면에서 흘러나오는 무언의 메시지를
살려고 노력하고, 그와 일체가 되려고 노력한다면 그 자체로 아름
다운 삶을 살고 있는 것이다.

대
화

내가 나 자신으로 살아가기 위해서는 나는 끊임없이 나와 대화를
해야 한다. 그러면 내면이 내게 답을 해 줄 것이다. 내가 나로 살
아가기 위해서 나와 끊임없이 대화해야 한다. 처음에는 겉의 나와
만나다 차츰 깊은 곳에 있는 본래의 자신을 만나게 될 수 있을
것이다. 그리고 저편의 움직이지 않는 고정된 자리에 있는 자신이
말하는 대로 살아가다 보면 나는 본성을 만날 수 있다. 인간으로
태어난 보람이라면 본래 자신인 본성을 만나는 것이다.

독
립

헤르만 헤세는 〈데미안〉에서 이렇게 말했다. 하나의 세계를 깨부수고 새로 태어나는 과정은 결코 쉽지 않다고. 여러 번 알을 쪼아야 가능한 것처럼 자신이 여러 번 부서지는 경험을 해야 한다. 인큐베이터 속에서 연습한 것들과 전혀 다른 야생의 세계를 마주하며 나름의 해답을 찾는 과정이 필요하다.

나는 전보다 추락할 수도 있고 진화하게 될 수도 있다. 결과에 따른 책임은 오롯이 내가 지는 것일 뿐, 누가 질 수 있는 것도 아니고 질 수도 없다. 독립을 하게 되면 알에 있을 때보다 못한 삶을 살게 될 수도 있다. 내 삶이 송두리째 사라지는 것을 경험할 수도 있다. 그런데도 독립을 해야 하는 이유는 그것이 성장이고 어른이 되는 길이기 때문이다. 어린 시절을 떠올리면 평화롭다. 그 시절의 기억은 현실의 잔인함 앞에서 동화처럼 아름답게 각색되어 있지만, 그때는 또 어린 시절에 맞는 괴로움이 있었을 것이다. 독립할 나이가 되었는데도 언제까지나 어린아이의 내면에 갇혀 지낼 수는 없다.

신체적 독립 못지않게 정서적, 정신적 독립도 중요한 것이다. 독립 후 내 모습이 비록 비참하더라도 자신과의 대화를 게을리 하지 않는다면, 곧 자신이 걸어가야 할 방향을 찾을 수 있을 것이며, 이제는 자신이 만들어 가는 진짜 인생의 시작이다.

독
립
2

스스로의 인생의 선장이 되어, 배의 키를 잡고 항해하는 항해사가
과연 얼마나 될까?

인
연

나는 이번 생에 내가 만난 최고의 인연이다. 나의 육체, 성격, 가
족, 주변 환경 속에서 배워야 할 것이 있어서 태어났다. 기억이
나지 않지만 알고 보면 내가 선택한 삶인 것이다.

이
유

내가 태어난 이유는 두 가지로 축약된다. 자신의 과제, 선악과를
극복하여 영적인 성장을 이루기 위해서 태어났거나, 이미 어느 정
도 갖추어진 상태에서 타인의 영적인 성장을 돕기 위해서 태어난
경우이다. 첫 번째 경우에는 삶의 목적이 나의 성장에 있기 때문
에 처음부터 많은 것들이 갖추어 진 삶은 아니다. 오히려 부족한
가운데 장애를 극복하고 본래의 자신의 모습을 찾는 것이 과제라
고 할 수 있다.

두 번째 경우에는 어느 정도 능력을 갖추고 태어나 비교적 빨리
두각을 나타내어 타인에 모범을 보이는 경우가 많다. 자신이 태어

난 목적에 따라 삶의 양상이 다르게 펼쳐지는 것이니까 타인의 삶이 좋아보여도, 영적인 진화의 측면에서는 반드시 좋은 것이 아니다. 내 삶에 장애가 많은 것 같고, 어느 것 하나 쉽게 가는 것이 없다면 아마도 당신은 지구별 수업을 위해 지구에 태어난 영혼일 가능성이 크다. 어려운 공부를 마치고 더 큰 영적인 성장을 이루어 내어 다시 고향별로 복귀하기 위해서 용기를 내어서 지구에 온 영혼일 것이다. 그러니 삶이 녹록치 않고 괴롭더라도 긍정적인 마음을 잃지 않고 나아가려는 노력을 하는 한 언젠가는 처음에 왔을 때와는 비교할 수 없을 정도로 내적 성장을 이루어낸 자신을 발견 할 수 있을 것이다.

처음부터 천재적인 재능을 드러내고 두각을 나타내는 삶이 있다. 이런 경우에는 전생의 능력을 그대로 가지고 온 경우이다. 지구별 학교는 학교이기 때문에 다양한 모델이 필요하다. 거기에는 선생님도 있고, 학생도 있고, 또 '롤모델'도 있는 것이다. 자신이 맡은 역할에 따라 지구에 온 목적이 다르다. 선생님으로 혹은 '롤모델'로 온 경우에도 역시 지구라는 별에 온 이상 공부를 안 할 수는 없겠지만 처음부터 일정한 조건을 갖춘 상태에서 지구별 유학을 시작하는 것과, 공부를 목적으로 아무것도 갖추지 않은 상태에서 유학을 시작하는 것은 다르다. 당연히 보람의 측면으로 따지면 후자가 훨씬 큰 것이다.

삶
의
궁
금
증

살면서 삶의 본질에 대해 자주 의문이 든다면, 내가 살아가는 이
유, 내가 해야 할 일, 세상이 돌아가는 이치와 같은 것에 대한 것
이 궁금하고 알고 싶다면, 나는 아마도 우주 최고의 난이도를 가
진 지구별에 유학 온 영혼일 가능성이 크다. 공부를 목적으로 지
구에 온 것이기에 근본적인 것에 대한 질문을 하는 것이고, 이런
사람들은 대개 수련을 해야 한다.

나의 목표는 지구에서 잘 먹고 잘 사는 것이 아니라, 삶을 살아가
면서 근본에 닿는 것, 즉 본래의 자신을 찾고 지구별에 올 때보다
더 높은 수준의 영적인 성숙을 이루는 것이 목적이다. 이런 삶도
저런 삶도 살아가는 한 배움이 있겠지만 수련의 비중이 더 큰가,
아니면 역할의 비중이 더 큰지는 내가 스스로에게 가지는 질문의
내용을 살펴보면 될 것이다.

과
제

사람은 각자 자신만의 탐구 과제가 있다. 그 일을 해내는 것이 내
가 태어난 목적일 것이다.

체
득

진리는 스스로 하나씩 체험하면서 살아가야 얻을 수 있다. 진리,
깨달음은 모든 이에게 비슷한 형태로 나타날 수는 있어도 같은
형태로 나타나진 않는다. 진리가 나의 언어가 되어 말 할 수 있게
살되 타인의 의견을 존중하며 살아야 한다.

진리는 가르쳐지는 것이 아니다.
그것은 경험을 해야 하는 것이다.
책 속에 전하는 현자의 이야기는 내 것이 아니다.
내용은 참고하되 나는 그것을 살아보아야 한다.
그리고 나만의 지도를 만들어야 한다.
싸울 각오를 해야 한다.
처음에는 권위에 도전하는 것 같아 겁이 난다.
그래도 싸워야 한다.
내 것이어야만 한다.

가
볍
게

가볍게 사는 것이 필요하다.
의미에 과도하게 집착하고, 흘려보내지 못하면 다음 기회를 잡지
못한다. 내가 붙잡고 있는 것들이 사실은 그리 중요하지 않은 것
들인 경우가 많다. 가볍게 살고, 타인에 대해서도 여유롭게 봐 주
어라.

결
혼

결혼은 선택이다. 결혼은 필요에 의해 만들어진 제도이기 때문에 선택할 수 있는 것이다. 결혼은 자신의 선택이다. 타인과 만나서 함께 산다는 것의 의미는 내가 다듬어지기 위함이다. 세모, 네모의 사람이 만나 함께 살아갈 때 부딪치지 않는 것이 없을 것이다. 다만, 서로의 다름을 인정하고 서로에게 너무 상처가 가지 않도록 해결하고, 또는 시너지를 내면서 살아간다면 그것은 내가 성장하는 데 많은 도움이 될 것이다.

이것은 반드시 결혼 생활을 의미하는 것이 아니라, 사람이 모여 사는 곳, 사람이 모여 함께 일하는 곳에는 사회화 과정이 일어난다. 모여 산다는 것은 힘든 것이다. 하지만, 이것이 지구에 와서 공부를 하는 이유이다. 같은 장소에 있지만, 너와 나는 사실 다른 경험을 통해 이루어진 집합체 같은 것이다. 너와 나 사이에는 전생의 차이, 서로 자라온 문화적 배경의 차이, 유전자의 차이, 신체적 차이 눈으로는 차마 셀 수도 없는 영겁의 시간을 지나 지금의 장소에 있는 것이다. 이것들은 함께 살아가고 일하면서 맞춰나가고 이해하기도 하고, 모른 척하기도 하고, 덮어두며 살아가기도 하면서 다듬어진다.

운
명

특별한 인연이 따로 있는 것이 아니다. 지구별 사람들은 첫 만남
에 불꽃 튀기는 무언가가 있어야 운명적인 만남이라고 믿는다. 실
은 처음 만났을 때 그저 그런 정도의 사람이 나와 오래 갈 수 있
는 사람일 수 있다. 사람은 자유의지를 타고났기에 아무리 하늘에
서 맺어준 인연이라고 할지라도 본인이 원하지 않아서 성숙하지
못해서 그 인연을 제대로 아름답게 이어가는 경우가 드물다. 삶은
그야말로 변수 투성이의 전쟁터와 같기에 그 미래를 누구도 정화
하게 예측할 수 없다. 운명적인 만남, 그렇지 않은 만남이 따로
있는 것이 아니다.

내가 만난 인연은 우연인 것이 없다.
다 나와의 인연의 끈이 닿아 이어진 것이다.
실낱같은 인연을 운명적인 것으로
바꾸는 것은 나와 상대의 노력에 달려 있는 것이지
처음부터 마법처럼 이어지는 것은 없다.

'나'
덕
후

어느 누구도 내 삶은 대신 살아 줄 수는 없다.
나는 누구도 아닌 내 삶을 살아야 한다.
나를 자주 관찰해 보자.
나의 옷차림, 직업, 생각, 행동,

내가 자주 하는 생각, 내가 자주 내뱉은 말,
나의 습관, 나의 취향, 내가 관심 가지는 것들,
그 속에서 진짜 자발적으로 나에 의해 결정하는 것이 과연 얼마
나 되는지.

벗
어
나
기

성격이 굉장히 세어서 타인이 자신이 원하는 대로 움직여 주지
않거나 해 주지 않으면 주변을 파괴 시키는 사람들이 있다. 물리
적으로 파괴하는 것은 아니더라도 주변 사람들의 마음과 정신 상
태를 파괴로 이끄는 것이다.

혹자는 물을 것이다 바보같이 왜 그런 사람들과 계속 있냐고? 하
하, 이 사람들이 특이한 사람들 같은가? 주변을 돌아보면 그렇지
않은 사람보다, 상대를 흔들고 자기 뜻대로 움직이게 하려는 사람
이 생각보다 많다. 그리고 그런 유형의 사람들은 대개 수단과 방
법을 가리지 않는 성격으로 인해 직장이나 학교, 사람이 모이는
곳에서 높은 지위에 있을 가능성이 높다. 그런 사람에게서 벗어나
는 것은 생각보다 쉽지 않다. 그들이 쓰는 방법은 당신의 약점을
들춰내고 그것을 무기 삼아 '두려움'이나 혹은 '죄책감'이라는 감
정을 이용하는 것이다.

게다가 못된 성질로 인해, 자기 뜻대로 되지 않으면 될 때까지 주
변을 못살게 굴기 때문에 못난 놈 떡 하나 더 준다는 말이 이런
상황에서 나왔다. 현실은 데미안에서처럼, 싱클레어를 돕는 초인

적인 인물이 나타나지 않는다. 내가 상대방의 기운을 벗어날 수 있을 때까지 몇 달 몇 년이 걸릴 수 있다. 그 기간 동안 나는 내적인 힘을 기르면서 견뎌야 한다. 기가 약하거나, 순하거나, 착한 사람들은 이런 사람이 곁에 있는 것만으로도 정상적인 사고를 하는 것이 힘들다. 무지막지한 상대의 에너지에 신체적으로 혹은 정신적으로 예속되는 상황이 일어날 수 있다. 지구에서의 삶이 힘든 것은 이런 상황을 자주 맞닥뜨린다는 것이다. 그럼에도 끔찍한 지구별에 살아보겠다고 오는 영혼들이 수없이 많다. 힘을 길러라. 내적인 힘을 길러야 한다.

삶
은
투
쟁

지구에서의 삶은 나를 나로 있을 수 없게 하는 것들로부터 끊임없이 도전을 받는다. 외부의 적이 만적이고 내 안의 적이 만적이다. 외부의 적이 사라지면 내 안의 목소리가 혹은 나의 습관이 또 나를 무너뜨리려고 호시탐탐 노린다. 오죽하면 톨스토이는 삶은 투쟁이라고 했는가.

지
구
별
유
학
생

울고 싶지만 상대가 웃길 원해서 웃어야 했고 나는 당신에게 라
이별이 되지 못하고 당신의 자리를 위협할 수 없는 힘없고 웃긴
존재라고 말하기 위해 실없는 농담과 행동을 했다. 그렇게 몇 년
을 지내다 보니 내 얼굴은 가면을 쓴 것처럼 어색해졌고 나의 내
면상태와 겉의 모습이 일치하지 않았다. 벙어리 냉가슴이라고 하
지. 겉은 웃고 있지만 그 안은 너무나 울고 싶고 통곡하고 싶고,
그냥 영혼이 이 몸 밖을 탈출 할 수 있기를 얼마나 바랐던가.

그때, 일기를 쓰기 시작했다.
현실적으로 내게 가능한 것은 아무것도 없었다.
신체적 능력도, 경제적 능력도, 정신적 에너지도 고갈되어
온전하게 정신을 부여잡고 살 수가 없었다.
죽지 못해 산다는 표현이 맞았을 것이다.
그래서 펜을 집어 들고 글을 쓰기 시작했다.
그러자 기적은 일어나지 않았지만
적어도 내 삶에 아주 조금이나마 바람이 통하는 것을 느꼈다.

물리적인 공간은 만들 수 없을 때에는 글을 쓰면 마음속에 공간
이 생긴다. 그 공간이 나의 쉼터가 되어준다. 그 공간은 아무도
침범할 수 없는 공간이다. 온전히, 오롯이 나만의, 나만을 위한 공

간이다. 아무리 부정적이고 슬픈 감정이라도 그 속에서는 마음껏
뱉어내어도 좋다.

할
머
니
의
일
기
장

어릴 적 할머니의 이야기를 들으며 자랐다. 그때는 왜 세상의 할
머니들은 다들 이야기보따리를 주렁주렁 매달고 있는가? 하는 의
문이 있었는데 살아보니 알겠더라. 세상에 대한민국의 할머니들만
큼 한 많은 인생을 살다온 영혼도 없다는 것을. 그 기나긴 모진
인생동안 얼마나 많은 일들을 겪고 감정들이 켜켜이 쌓여있을까!
이야기가 많은 것은 그 때문이다.

할머니는 일제 강점기에 태어나 소학교를 다녔고 한국전쟁을 겪
으면서 어린 자녀 둘을 잃었다. 그 시절 아버지들이 그랬듯 할머
니도 가정 폭력을 겪으셨다. 할아버지와는 사이가 좋지 않으셨지
만 자식들을 알뜰하게 챙겨 가정은 화목했다. 할머니를 중심으로
형제들의 우애가 돈독했다. 할머니가 돌아가신 후 무릎높이 만큼
쌓여있는 일기장이 발견되었다. 할머니의 것이었다. 그 안에는 옛
날 한글 맞춤법으로 삐뚤삐뚤 쓴 글씨가 빼곡하게 담겨있었다. 나
는 그 글을 다 읽을 수 없었다. 너무 슬펐기 때문이었다. 하지만
알 수 있었다. 일기장으로 인해 그녀는 자신의 인생의 무게를 견
딜 수 있었다는 것은. 많은 도움을 준 것은 아니었겠지만 그녀는

혼자만의 방이 있었던 것이다.

다 함께 있지만 우리는 또 혼자이다. 인생은 결국 혼자 걸어가는 길이고, 스스로 걸어가는 길이다. 내게 닥친 일들이 무지막지하여 넋을 놓게 될 수도 평생 그 기억 속에 사로잡혀 그 속에서만 살아갈 수도 수많은 실패와 고통이 뒤따르는 삶이지만...그것으로부터 한 발자국 떨어져서 내게 일어난 일을 바라보고 생각할 수 있게 된다면 믿기지 않은 현실이라도 조금씩 받아들일 수 있게 되며 조금씩 나아갈 수 있게 된다.

내가 당장 무엇을 쏟아내고 싶은데 어떻게 할 수 없을 때
가장 손쉽게 할 수 있는 방법은 펜과 종이를 들고 혼자 있을 수 있는 공간에서 감정과 생각을 쏟아내는 것이다. 이것이 효과가 있는 이유는 손에는 마음, 장심이라는 혈이 있다. 언젠가 책에서 글을 쓰는 행위는 '영혼으로 기도하는 것' 이라는 구절을 읽은 적이 있다. 맞는 말이었다.

글

손바닥에는 '장심'이라는 '혈'이 있다. 글을 쓰는 것이 마음이라고 하는 나의 내면세계와 연결시켜준다는 것은 사실이었던 것이다. 그리고 내가 본성에 이르기 위해서는 자신의 마음을 자주 들여다보고 그 곳으로 들어가야 하는데 일기가 그 역할을 해 주었다. 우주는 보이는 세계가 1% 보이지 않는 세계가 99%로 이루어져 있다. 그리고 그 우주에 이르는 길 역시 마음이라는 것을

근
본

근본은 시작이기도 하고 끝이기도 하다.
나로부터 출발해야 하고 나로 귀결 되어야 하는 이유이다.

참
고
할
뿐

지구별을 다녀간 성현들의 가르침이 아무리 근본에 가까운 것이라고 할지라도 그것을 살지 못하고 있는 자신의 모습이 틀린 것은 아니다. 우리는 오랫동안 무엇이 옳고 그른가를 구별하는 데 많은 에너지를 썼다. 내가 살아내고 숨 쉬는 지금이 이 순간의 진리이다. 내가 지금 깨달은 현실이 진리이다.

인생의 나침반은 필요하다. 성현들의 가르침을 나침반으로 삼되 나는 내 길을 걸어가야 한다. 내가 얻은 결론이 다르다고 해도, 나는 내 안에서 나오는 것을 지침 삼아 걸어가야 한다. 세상의 사물에 욕심 없이 대하고 바른 길을 가려고 노력한다면 언젠가는 나도 진리에 도달 할 수 있다. 하지만 단 번에 진리에 도달하고, 단 번에 내가 진리 자체가 되는 일은 없다. 그것은 욕심이다.

사
람

사람이 사람의 구실을 한다고 하는 것은
스스로 자신의 일을 찾아서 하는 것을 말한다.
자신의 일이란 본인이 해야 하는 일을 말하며
본인이 해야 하는 일이란 금생에 태어나
내가 가지고 온 소명을 다 하는 것을 말한다.

인
간

인간이 다른 동물과 비교하여 뒤떨어지는 면이 많아도 인간과 동
물을 구별을 지을 수 있는 가장 큰 이유는 인간은 정성을 들인다
는 것이다. 인간의 정성어린 노력이 하늘에 닿을 만큼 높아지면
하늘의 마음을 움직일 수 있다.

우
러
나
오
는
것

사람은 언제나 내 속에서 우러나오는 것을 살아야 한다. 외부의
것들이 아무리 좋아보여도 그것이 설령 현자가 설하는 진리일지
라도 내안에서 우러나지 않은 것은 내 것이 아니라, 언젠가는 떠

나게 되어있다.

내안에서 흘러나오는 내면의 목소리를 듣고, 그에 따라 살자. 내
안에 '신'이 존재하고 내가 곧 '신의 아들'임을 깨닫고 스스로에게
복귀해야지 남에게 복귀하는 것은 자신에게로 이르는 길을 더디
게만 할 것이다. 모든 인간이 인식하든 못 하든 자신이 가장 열망
하는 것은 스스로의 진화이다.

인간은 소우주

소
우
주

소우주인 인간은 자체에 오행을 타고 나지만 그 오행이 완벽하게 조화로운 것이 아니다. 오행의 부족과 넘침은 편향된 기운과 성격으로 나타나고 그것을 조화로운 방향으로 이끌고 가는 것이 내가 해야 할 일이다.

조화로운 방향은 중화로 이끄는 것인데, 편향된 성향을 극단으로 몰고 가서 중화로 이끄는 방법이고 살면서 조금씩 긍정적인 방향을 모색하고 훈련하면서 나를 조화로운 방향으로 이끄는 방법이 있다. 대부분은 하던 대로 모난 성격이나 잘못된 습관을 더욱 강화하는 쪽으로 나아간다. 그것이 병이나 성격적 이상으로 나타나는 것이다.

이
끄
는

세상을 이끄는 사람들은 앞서서 주도하는 사람들이 이끄는 것이 아니라, 있는 듯 없는듯하면서 자연스럽게 섞여 있되 흐름을 조절하는 사람들이 실제로는 세상을 이끌어 가는 것이다. 눈에 보이는 것은 실제로는 아주 작은 부분이다. 안 보이는 곳에서 세상의 순항을 위해 애쓰는 사람들이 무수히 많다는 것을 잊지 말고 감사하는 마음을 품으며 살자.

경
계
할
것

안이한 삶은 자체가 경계해야 하는 것이다. 자신의 길이 험하게 느껴질 때는 그 만큼 가야하는 길을 단축시켜 겪어 넘기게 하려는 하늘의 뜻이 숨겨져 있는 것이다. 내가 지금 걸어가는 길이 괴롭다면 나는 그 만큼 공부를 하고 있는 것이다.

차
분
하
게

마음을 차분히 하고 매사에 임하면 상황이 보이고, 상황이 보여야 내 길이 보일 것이다.

성
숙

성숙한 사람은 타인의 성장 도움이 될 수 있는 감정을 불러일으키는 사람이다. 솔직하되, 타인의 마음에 긍정적으로 영향을 끼칠 수 있도록 신중하게 말해야 한다. 그것이 앞선 사람의 역할이다.

나
의
일

사람은 항상 자신의 일을 해야 한다. 자신의 일이라고 함은 자신
이 해야 하는 일이고 남이 해야 하는 일은 자신의 일이 아니다.
내 일을 하고서야 남을 도울 수 있는 것이다. 내 일도 하지 못했
는데 남을 돕는 것은 무리가 되는 것이다.

나
에
의
해

나의 일이란 나에 의해서만이 가능하고 나로 인하여 완성할 수
있다. 사람은 지구에 태어날 때 자신의 일을 하나씩 가지고 나온
다. 그 자신의 일을 찾았을 때 나의 공부는 그 일과 더불어 양립
해 나가는 것이고, 그 일 덕분에 나의 진화에도 진전이 있다. 인
간이 인간다우려면 자신의 역할이 있어야한다. 인간의 일은 크게
세 가지로 요약된다. 아름다움을 전하고 나누는 일, 선함을 전하
고 나누는 일, 진리를 전하고 나누는 일이다.

아름다움을 전하는 일은 주로 예술로 가능하고,
선함은 선행을 베푸는 것이고 진리를 전하는
삶은 가르치거나 메시지를 전하는 일이다.
자신의 일이 인간의 감정을 순화시키고
더 나은 방향으로 이끄는데 도움을 준다면 그것으로 나의 생은

보람된 것이다.

아
침

아침을 어떻게 보내는 지가 중요하다.
아침을 어떻게 보내느냐에 따라 하루의 결과가 달라진다.
아침은 하늘의 시간이며 오전이후는
하늘과 인간의 시간이며 저녁은 인간의 시간이다.

명
상

명상을 하면 내면을 고요하게 하는 데 도움이 된다.
고요할 때라야 마음이 맑아지고
마음이 맑아져야만 내 자신이 바로 보이기 때문이다.
들뜬 상태, 걱정이 있는 상태,
감정이 차 있는 상태에서는 사태를 정확하게 파악할 수 없다.

공
부
란

현재 지구인들이 하는 공부는 공부가 아니다. 공부는 창의성과 이어지고 나를 구제하고 남을 구제하는 행위로 이어져야 한다.
현재의 공부는 얼마나 더 큰 자본을 훗날 내가 확보할 수 있냐를 놓고 경쟁하는 것이지 내가 공부의 주체가 되어 스스로 이끌어 가는 것이 아니라, 미래의 경제적인 부를 위해 현재를 희생하는 노동에 가까운 형태가 되었다. 공부라는 것은 자신을 근본적으로 알아가는 길을 걸어가는 것이다. 그리고 그 공부는 본성을 만나는 것으로 인도한다. 내가 하는 공부가 자신으로부터 멀어지는 길인지 가까워지는 길인지는 나는 이미 알고 있다.

옛것을 익히고 새것을 알면 스승이 될 만하다는 말은 옛것에서 근본이치를 공부하고 그 기준에 근거하여 미래를 해석하고 새로운 것을 더한다는 말이다. 스승이 된다는 것은 방향을 알려준다는 것인데, 큰 방향은 옛것에서 근본이치를 파악하면 된다.

삶
의
의
미

우리는 서로를 이해하려는 노력을 할 수 있지만
각자 삶의 의미를 온전히 이해하는 것은 결국 자신뿐이다.
각자가 자신의 인생을 걸고 위대한 실험을 하는 중이다.

'나'
덕
질

나는 내가 태어나서 만난 가장 소중한 인연이다.
나는 나를 제일 사랑하고 나에게 제일 관심이 있지만
자신이 누구인지를 제대로 아는 사람은 드물다.
누군가를 이해하기 위해 관찰하고 연구를 하는 것처럼
나는 다른 누구도 아닌 나를 알고자 제일 먼저 노력해야 한다.

그것은 가만히 있으면 이루어지지 않는다.

일상 속에 깨어있어 나의 성향, 습관, 어떤 것에 관심이 있고, 무슨 생각을 자주 하고, 인식하고 자신이 모자라는 부분을 무엇인지 알고 있어야 한다.

꾸준히 나를 관찰하도 나와 이야기를 나누다보면 나와 친해지고 그러면서 나를 더욱 알아 갈 수 있다. 나와 친숙하게 되면 외부의 공격이나 판단에 흔들리지 않을 수 있게 된다. 흔들리더라도 다시 원심력에 의해 제 자리로 돌아올 수 있는 것이다.

세상에 존재하는 여러 가지 기법도 무시할 것이 아니라, 나를 찾는데 도움을 주는 재료이다. 유전자 검사, 성격, 적성 검사, 지문 검사, 체질검사, 사주팔자 등 사람은 그냥 이유 없이 태어나지 않는다. 태어남에는 이유가 있고 목적이 있다.

왜
태
어
나
서

일차적인 이유는 삶을 통해 배우기 위해서이다. 배운 다음에는 사랑하고 나누기 위해서이다. 그래서 처음엔 개인적 차원의 나로 머무는 것만으로도 벅차다가 나중엔 이웃, 세상, 자연, 하늘 존재하는 모든 것들이 나의 확장된 자아라는 것을 깨닫고 나를 확장 시키는 것이다. 그것은 사랑과 나눔으로 가능하다. 하지만 역시 나는 나를 찾는 것이 우선이다. 나를 찾고서야 상대를 진정 도울 수

있을 것이다. 방향을 모르면 타인을 돕는다고 해도 그것은 일시적
일 수밖에 없다. 잘못 인도하게 될 수 있다.

나의 삶, 다른 누구도 아닌 나의 삶을 살아야 한다. 그것은 내 안
의 소리가 말하는 것을 따라야 한다. 타인의 의견을 듣지 말라는
얘기가 아니다. 동의를 하건, 거부를 하건 상대와 같은 의견인 경
우에도 남을 맹목적으로 따르는 것이 아닌 일단은 자신이 생각을
해 본 후에 내린 결론이어야 한다.

온
전
히
나

우리는 하루 중 얼마나 완전히 스스로가 되어 본 적이 있을까?
타인과 어울려 살다보면 때로는 거짓된 행동과 말을 할 때도 있
고 내가 아닌 척을 해야 할 때고 있다. 그 간극을 메꾸려면 하루
중 10분이라도 스스로와 대화하는 시간을 가져야 한다. 자신과 대
화를 할 땐 솔직해야 한다. 솔직해야 나의 본래 보습을 볼 수 있
다. 시작은 그곳에서부터 가능하다.

처음의 나를 잊지 않아야 한다.
언제나 처음의 나로 회귀할 수 있다면
감사한 마음이 들 것이다.
어떤 경험에서든지 다시금 감사한 마음이 든다면
나는 아마도 그 경험을 잘 통과했기 때문일 것이다.

나
의
삶

각자의 삶은 하나의 거대한 프로젝트이다. 자신만의 장애나 무기를 안고 와서 스스로 계획한 내 인생을 살아가면서 앞으로 나아가는 과정이다. 타인이 내 삶에 개입한다는 것은 내 프로젝트를 타인의 손에 맡기는 것과 같다.

타인과는 의견을 나눌 수는 있어도 타인이 내게 지나친 간섭을 하도록 내버려 두지는 말자. 타인은 자신의 자리에 서 있지 않음으로 업을 저지르게 되고 나는 내 중심을 잡지 못함으로 인해 방황을 하게 될 것이다. 또한 타인의 조언으로 내가 겪어야 할 공부를 넘어가게 된다면 그것도 반드시 내게 좋은 것은 아니다. 겪을 만큼 겪고 넘어가야 비슷한 상황이 닥쳤을 때 스스로 헤쳐 나갈 수 있는 힘이 생긴다.

자
유
의
지

인간이 자유의지를 가진 이유를 잘 생각해보자
인간은 불완전한 존재임에도 자유의지를 가지고 있다.
자유의지로 인해 인생에서 여러 가지 예측하지 못한 일들이 생긴다. 변수들은 나를 나락으로 빠뜨리기도 하지만 생각지 못한 기회를 주기도 한다.

식물과 동물은 자신이 갇혀있는 형상에서 벗어나지 않는다. 어떤 계절, 어떤 온도에 겨울잠을 자고, 꽃을 피우고, 열매를 맺도록 프로그램 되어 있다. 자연은 자신의 자리를 이탈하지 않는다는 뜻이다. 따라서 예측이 가능하다. 그러나 인간은 자신의 자리를 찾는 것조차도 자신이 풀어야 할 숙제이다. 내 안에서 찾아야 한다. 사회가 주는 틀, 바깥에서 보이는 대로 판단하여 내가 있어야 할 자리에 서 있지 못한다면 내가 어떤 역할을 하려고 지상에 태어났는데, 그 길로부터 멀어지고 있다는 이야기다.

자
리

인간은 자신의 자리를 찾는 데만도 수많은 시행착오와 비움의 과정을 거쳐야 한다. 찾고 난 후에도 그 자리를 지키기 위한 노력이 필요하다. 자신의 자리를 찾고, 그것을 해 내는 것 자체가 인간이 성장하는 발판이 되고 공부가 된다. 그런 이유로 인간에게 있어 결과보다는 과정이 중요한 것이다. 과정이 모여서 결국은 결과가 된다.

그것을 겉으로 보이는 성공과 실패라는 틀에서 가늠할 수 없는 것이다. 인간이 가진 변수 때문에 인간에 대한 실망도 있고 기대도 있고 희망도 생겨나는 것이다. 그 사람이 장차 어떤 꽃을 피우고 어떤 열매를 맺을지는 신도 알 수 없다는 점에서 인간은 가능성을 가지고 있다. 자신의 가능성을 과소평가 하지 말자.

두
려
워
하
는
것

내가 두려워하는 것이 있다면 그 원인을 찾아 그 감정을 없애야
할 것이다. 무언가를 두려워하게 되면 그것에 얽매이게 되고
얽매인다는 것은 노예상태가 되는 것이다. 나를 두렵게 하고 얽매
이게 하는 것이 있다면 그 이유가 무엇인지 생각하고, 그것으로부
터 벗어나려는 시도를 해야 한다. 정신적인 것이면 정신적인 독립
을 신체적인 것이라면 신체적인 독립을 경제적이라면 경제적인
독립을 위해 노력해야한다. 왜냐하면 인간은 자유로운 존재이기
때문이다.

'왜'?

세상을 향해 '왜' 라고 질문하는 것을 멈추지 말자.
'왜' 에서 창조하는 힘이 생기고, 그것으로 세상이 변한다.

현
재
의

현재의 자신을 보면 인생의 주인이 될 것인가? 편하게 안주할 것
인가? 두 가지 갈림길에서 걸어가면서 선택을 해야 하는 것의 연
속인 것이 우리의 삶이다. 모든 순간이 그렇다. 그것에 대한 결과
로 현재의 자신이 있는 것이고 미래의 내가 있는 것이다. 내가 궁
금하다면 현재의 자신을 보면 된다.

살
아
갈
뿐

시간은 사실 현재의 연속일 뿐이다. 우리는 과거와 현재, 미래를
구별하여 시간을 쓴다고 생각하지만 실제로는 현재를 계속 살아
가고 있을 뿐이다. 그것을 자명하게 자각 할 때가 있다. 순간에
깨어 있어 순간을 살아갈 때이다. 명상에 깊이 들어가면 어느 순
간 시간과 공간의 개념은 사라지고, '지금 여기'가 자명한 느낌으
로 와 닿을 때가 있다.

그 느낌은 나는 언제나 '이 순간에 존재했고 존재하고 존재할 것
이다'라는 느낌으로 굳이 표현할 수 있다. 실은 그저 텅 빈 우주
공간에 원래부터 있었던 자신을 느끼는 것이다. 현재만이 존재하
는 공간 속에 존재하며 그 자체로 그냥 있는 'to be'의 상태에
있는 것이다.

그렇기에 본질적으로 우리는 존재하는 것이고 그 존재는 늘 현재에 살아가고 있다. 명상을 하지 않고도 그 느낌을 느끼고 싶다면, 과거의 한 시점을 생생하게 떠 올려보라. 가끔 과거를 회상할 때 과거에 있었던 일처럼 느껴지지 않고 그 때 그 상황 속으로 들어가 그 상황을 보는 자신과 그 상황 속에 있는 자신을 동시에 느낄 때가 있다.

대부분 과거의 경험은 '그땐 그랬지'라며 과거의 기억을 머릿속으로 대충 기억할 뿐이지만 어떤 기억은 나를 통째로 그 시간과 공간속으로 소환하며 마치 그 순간이 현재에도 존재하는 것 같은 느낌을 생생하게 받을 때가 있다. 나는 실제로 시간과 공간을 초월하여 그 순간으로 들어간 것이다.

내가 느낀 감정과 순간은 착각이 아니다. 그 느낌을 소중히 하고 확대해 보자. 인간은 영과 육으로 이루어진 존재이다. 그렇기에 육체는 비록 3차원의 세계에 갇혀 물리적 제약이 있겠지만 영혼은 시간과 공간의 제약을 받지 않는다. 현재, 미래, 과거에 동시에 나타날 수도 존재할 수도 있는 것이다. 이 감각을 익혀, 우리는 현재를 살아가고 현재를 충실하게 살려는 연습을 해야 한다. 이것이 우주의 존재방식이기 때문이다.

수
정

내 인생을 살아가는 방법은 살면서 내가 경험하고 그 경험을 통해 깨달은 것을 나머지 삶을 통해 실천하고 또 수정하고 살아가는 것이다.

경
험
과
성
장

내 인생이 내 것이 되려면 살면서 경험을 통해 마음으로 깨달은 것을 꾸준히 실천해야 그 깨달음이 체화된다. 그 전엔 그저 하나의 정보로만 저장되어 있을 뿐이다. 물론 앞서 깨달은 분들의 경전이 있고, 철학자, 학자들이 남긴 책들이 있지만 경전과 말씀이 내 것이라고는 할 수 없다. 내가 나의 이 육체로 부딪쳐서 경험한 깨달음이어야만 내가 이해한 것이고 우리는 그 이해를 바탕으로 삶을 나아간다. 그렇다고 해서 그 경전과 말씀을 무시하라는 얘기가 아니다. 삶을 항해하는 데 있어 필요한 이론 공부하고 여기면 될 것이다. 만약 이론과 내 현실사이에서 마음속의 목소리가 가리키는 방향과 이론이 가리키는 방향이 서로 어긋나면 내 마음 속의 목소리가 말하는 대로 일단은 나갈 필요가 있다. 그리고 그 길을 지나왔을 때 다시 뒤를 돌아보면 비로소 내가 걸었던 길이 어떤 의미를 가지는지가 자명해진다.

내
뜻
대
로

내 인생을 내가 생각한 대로 살라는 것은 내 멋대로 살라는 의미
가 아니다. 제 아무리 성현의 말씀이고 대학자의 말씀이라고 해도
내가 살아가는 것은 나의 삶이다. 100%의 답은 역시 내 스스로의
힘으로 찾아낸 것이어야 한다. 설령 그것이 일반적 의미의 '진리'
와는 다른 결론이라 할지라도 말이다. 길을 나아갈 때 스승은 방
향을 알려 줄 수 있다는 점에서 필요하다. 하지만 그 편안함에 취
해서는 안 된다. 언젠가 독립의 시기가 오게 되면 허둥지둥 앵무
새처럼 스승의 말만 되풀이하고 스승이 했던 행동만 되풀이 할
것이다. 평생, 그 그늘에서만 살 것인가?

아무리 작은 것이라도 그의 틀을 벗어나 독립한다면 나는 그 만
큼 성장한 것이다. 더 이상 그의 그늘에 머무는 것이 아니라, 스
승과 제자로서의 예의는 살아있되 서로 독립적인 존재가 되는 것
이다. 진정한 스승이라면, 역시 서로 평등한 관계가 되기를 원할
것이다.

아이는 태어나서 부모의 말과 행동을 일방적으로 흡수한다. 우리
가 어릴 때를 생각해 보면 "우리 엄마가~"라는 말을 자주 했을
것이다. 학교에 가서는 "선생님이 이렇게~"라고 또 자주 말한다.
하지만 그때에는 아직 경험한 것도, 배운 것도 거의 없던 시기였
기에 그저 살면서 학교에서, 집에서, 친구들과 놀면서 부지런히
배울 시기이다.

그러다 사춘기가 오면 나를 둘러싼 모든 것에 반항하는 시기가
온다. 그 만큼 자신만의 생각이라는 것이 생겼기 때문이다. 하지
만 이 시기는 충분한 경험과 성숙된 자아를 토대로 한 생각이 아
니라, 무조건 반항하고픈 심리에서 비롯된 것이라 독립하기에는
이르다. 그래도 무조건 부모님의 혹은 선생님의 말만 따르던 상태
에서 홀로서기를 위한 준비단계로 나아가라는 뜻이 아니라 이 시
기는 이 시기대로 기쁨으로 받아들이자. 마침내 아이는 자라 성인
이 되고 부모로부터 자립하여 독립의 시기를 맞이한다.

이 단계가 인생에 있어서 어느 때나 적용된다고 생각한다. 성인이
되어서도 무언가를 배우기 위해 학교를 등록했다고 치자, 처음에
는 배우고 따라하고 모방을 해야 한다. 먼저 흡수를 해야 하기 때
문이다. 그런 다음 점차 자신만의 스타일이 생기면서 독립하는 시
기가 온다. 모든 배움이 마찬가지이다. 자신만의 스타일이 생기기
전에는 일단 습득하고, 배우고 익히고 그다음에는 그 배움을 활용
할 때가 온다. 그 때가 독립할 때인 것이다.

연
습

만약 내가 어떤 배움을 얻었음에도 계속 안주하려고 한다면 그것
은 마음속에서 편하고자 하는 마음이 자리 잡고 있었기 때문이다.
누군가 나를 대신해서 생각하고 결정하고 나아간다면 일견 좋아
보일 수 는 있지만 내가 내 삶을 살아간다고 할 수 있을까? 자유
롭고 싶다면 두 발로 서는 연습을 해야 한다. 내가 끌고 가는 차,
내가 끌고 가는 배는 중간에 좌초할 수도 있고 엉뚱한 방향으로
들어설 수도 있지만 그 것 또한 과정이다. 그 배가 파괴된다면 다

시 만들어서 다시 운행하고, 그것도 아니라면 수영을 해서라도 바다를 건너면 된다. 속도는 더디겠지만 그것이 내 속도라면 또한 인정하고 나아가면 된다.

자
유
의
지

독립이 두려운 것은 당연하다. 새로운 세상을 여는 것은 기존의 세상을 죽이는 것이기 때문이다. 그것은 죽음을 의미할 만큼의 공포를 가져온다. 하지만 새로 시작하다보면 이전의 경험들이 헛되지 않음을 느끼게 될 것이다. 나와 함께 여전히 살아있다는 것을 느낄 것이다. 언제까지나 타인에 기대어 살 수는 없다. 그것이 조물주가 당신에게 '자유의지'를 선물로 준 이유이다. 그리고 조물주는 우리에게서 '자유의지'를 앗아갈 의향도 없어 보인다. 나는 내 마음 속에서 느낀 것을 살아가면 된다. 모든 사람이 칭송하는 길이어도 내 마음 속에서 찜찜함이 남아 있다면 그 길은 내 길이 아니기 때문이다.

큰
존
재

감정이나 생각은 내가 아니다. 이것들과 나의 의식이 꼭 붙어 있으니까 마치 나의 전체인 것처럼 느껴지지만 나는 감정과 생각보다 훨씬 넓은 존재이다. 다만 몸을 입고 있고, 오관이 있고, 뇌가 있기 때문에 그것을 통해 경험을 하고, 몸으로 부딪쳐 느낀 여러 가지 정보가 내 몸 안으로 흘러와 그것들을 처리하는 과정에서 지혜가 생긴다. 이 과정이 인생 수업이다.

다시 말하자면, 수업을 치르는 과정에서 감정이 일어나고 생각을 해야 하지만 이것이 나의 전부가 아니다. 나는 훨씬 큰 존재이다. 명상을 하거나 집중에 들었을 때 우리는 우주에 접속되기도 하는데 그렇게 우리는 우주에 연결된 또 다른 우주이다. 다만 몸으로 수업을 치르는 중일뿐이다. 그리고 경험을 통해 축적된 깨달음은 나의 자산이 되어죽을 때 영혼에 새겨진다.

인생이란 영혼을 살찌울 수 있는 일종의 플랫폼이다. 지구는 학교라는 말이 괜히 나온 것이 아니다. 그러나 지구는 우리가 최종적으로 돌아가야 할 곳은 아니다. 우리가 돌아갈 곳은 우리가 원래 온 곳이다. 지구에 살면서 외롭고, 그립고, 서러운 마음이 드는 것은 떠나온 고향이 있기 때문이다.

살다보면 나만 세상의 흐름에서 뒤쳐진 느낌이 들 때가 있다. 그런 때 일수록 더욱 나의 내면을 들여다보아야 한다. 내가 원하는 것이 주변 사람들처럼 사는 것인지, 아니면 그런 것과는 상관없이 내 속도에 맞추어 내 삶을 살아갈 것인지 어느 쪽을 선택한다고 해도후회는 조금씩 생길 것이다.

최소한 남들 사는 대로만 살았더라면 인생을 낭비하는 것 같은 기분은 들지 않았을 텐데 몸도 상하고 마음도 상하면서, 인생에 대한 후회가 밀려올 때가 있다. 하지만 이런 일을 하든 저런 일을 하든 삶은 괴로움의 연속이다. 그것을 얼마나 현명하게 또 가볍게 받아 넘기는 지에 따라 나의 마음 자세도 달라지는 것이다.

이런 경험을 하든 저런 경험을 하든 그 속에서 무엇을 내가 얻었는지가 내 몸속에 남는 것이지, 남들과 비교에서 내가 뒤처져 있다고 해도, 그것은 내가 실제로 여러 가지 일을 통해 쌓은 내공과는 다른 문제이다. 겉으로 보았을 때 남과 비슷하게 살지 않는 다의 문제이지, 실제 내가 쌓은 내공과는 다를 수 있다는 얘기이다. 인생에는 정답이란 것이 없다. 내가 걸어가면 그것이 길이 되는 것이다.

우
주
의
시
선

우주가 당신을 바라보는 시선은 당신이 겪고 있는 경험을 통해 무엇을 느끼고 배우고 어떻게 성숙되어 가는 가에 있지, 당신이 무엇을 성취했고 이루었는지 이런 것에는 있지 않다. 당신이 물리적으로 어떤 모습을 하고 있는지는 우주에 입장에서는 전혀 중요하지 않다. 내가 지금 작게 느껴진다면 시선을 넓게 바라보라 그것이 절대적인 정의인지 좁은 세상에서의 정의인지 기억하라, 당신은 절대 작은 존재가 아니다. 당신은 우주이다.

신
성

삶의 지도가 없다고들 한다. 아니다. 사람은 태어날 때 기본적인 계획을 짜고 나온다. 그것을 우리는 사주팔자라고 부른다. 또 지구를 다녀갔던 여러 현자들이 남긴 경전이 있다. 우주의 지혜를 담은 정수이다. 하지만 어느 것도 100%는 아니다. 100%는 오롯이 나에 의해서만 가능하다. 삶은 살아내는 것이고 살아가는 것이다. 그러니까 사주와 경전은 지침은 될지언정 그것 자체가 내 삶을 살아주는 것은 아니다. 삶은 내가 살아가는 것이고 현재 진행형이다. 그렇다면 어떻게 살 것인가? 우리는 가장 깊은 내면에 '신'이 있다. 내가 '신'인 것이다. 내 안의 신성을 캐어내면서 살아야 한다. 신성을 어떻게 캘 것인가? 그것은 순수한 의도로만 가능하다.

몸을 가지고 살면서 우리는 여러 가지 국면을 맞이한다. 경험을 하면서 여러 가지 감정과 생각을 하고 마침내 지혜를 얻는다. 내가 마음속에서 느낀 것을 실천하며 살 때 충만감을 느낀다. 보답으로 돌아오는 것은 다음 방향으로의 안내이다. 어느 방향으로 한 걸음 더 내딛을지가 보인다. 그렇게 내면에서 느낀 것들을 하루하루 정성스레 살다보면 내 인생의 지도가 점차 완성된다.

완전히 그 지도를 완성할 수 있을 때에는 내가 이 세상에 이별을 고할 때이다. 내가 완성한 내 인생의 지도는 다음 세대가 쓸 수 있는 등대 될 것이다. 나는 어떤 인생을 살 것인가?

힘
들
다
면

내가 지금 남들 보다 조금 힘든 길을 걷고 있단 생각이 든다면 그것은 아마도 인생이라는 학교에서 응용문제를 풀고 있기 때문이다.

공
동
운
명
체

지구라는 곳은 이곳에 닿는 순간 우리는 모두 공동운명체가 된다. 싫든 좋든 고락을 함께 해야 한다. 익숙한 길은 버리고 새로운 길로 나아가는 것은 괴로운 일이다.

습관처럼 같던 길을 버리고 미지의 길을 개척한다는 것은 기존에 내가 쌓았던 모든 것을 잃을 수 있는 길이다. 그 선택에 대한 결과를 알 수 없으니 두려울 수밖에 없다. 그렇지만 변해야 할 때 변할 수 없다면 퇴보할 수밖에 없다. 그것은 개인의 삶에서도 인류의 역사에서도 비슷한 법칙이 적용된다. 지금은 새로운 전환의 단계로 넘어가야 할 때이다.

내가 경험한 것의 가치를 현재는 알기 어렵다. 그 속에 허우적거리며 괴로워하고 있을 때에는 더욱 그 의미를 알기가 어렵다. 하지만 언젠가 공부의 긴 동굴 속에서 한 줄기 빛을 발견하고 그것을 등불삼아 조금씩 나아가서 마침내 빠져 나오게 되면 그 경험이 소중했다는 것을 느낄 수 있을 것이다. 나의 경험은 절대 쓸데 없는 것이 아니다.

희
망

세상에 내가 정말 행복하다고 느끼며 살아가는 사람은 별로 없다. 삶에 대한 희망, 자신에 대한 희망을 보고 사는 것이다. 힘든 상황에서도 희망을 발견하고 그것을 등불삼아 나아가는 것 그것이 내 삶을 만들어 가는 길이다. 즉, 삶은 완성된 것이 아니다. 또한 나라는 사람도 동사형이지 명사형이 아니다. 그런 의미에서 아직 삶을 만들어 나갈 수 있다는 사실에 감사하자. 그것이야 말로 내가 살아있다는 증거이다.

일
기

시간은 선물이다. 일기를 쓰면 과거의 시간을 그저 흘려보내지 않고 기록 속에 붙잡아 둠으로써 그 시간을 내 것으로 할 수 있다. 글을 써 내려가면서 스스로를 돌아보고 생각을 정리하다보면 다음 발자국을 어떻게 내딛을지에 대한 영감이 찾아온다.

움
직
이
면

몸을 움직이는 동안에는 잡생각이 잘 끼어들기 힘들다. 부정적인 감정이 올라온다면 주체할 수 없는 감정이 복받쳐 오른다면 잠시라도 몸을 움직여 보자. 걷거나, 청소를 하거나, 정원에 나간다거나 하는 간단한 행동으로도 기분을 전환 시킬 수 있다. 마음을 평정하게 해야 하는 이유는 그렇게 해야 사태를 정확하게 볼 수 있기 때문이다.

자
각

중요한 결정을 앞두고 있을수록 나의 감정 상태를 자각 하고 있어야 한다. 지나친 감정은 기쁜 감정이든 슬픈 감정이든 판단을 그르치게 한다. 사람들은 생각이 결정을 내린다고 믿고 있지만 실제로는 기분이 생각을 결정하고 생각이 행동을 결정한다. 기분을 좋게 하는 것이 핵심이다. 사실 우리가 어떻게 느끼는 지가 삶의 행복지수를 결정한다.

사
귐

사람을 사귀는 데 중요한 것은 나이가 아니다. 얼마나 뜻이 통하는 가에 달려있다. 우리는 우리가 생각한 것 보다 역사가 오래된 영이다. 보이는 모습이 전부가 아니다. 이번 생에서의 내 물리적 나이가 나의 진짜 나이가 아니다. 그렇기에 뜻이 통한다면 우리가 친구가 될 수 있는 것이다. 서열 문화, 나이를 중요시 하는 문화가 세대 간의 소통을 가로막는다고 생각한다. 나이와 역할에 갇히다보면 우리는 그에 맞게 행동할 수밖에 없다. 그래서 좋은 친구를 사귈 기회를 놓친다.

우
울
습
관

우울한 감정에 자주 빠져드는 것도 습관일지도 모른다. 한 가지 감정에 꾸준히 사로잡혀 그 감정에 몰입하는 것도 사실은 습관이 그렇게 나 있기 때문이다. 내가 바꾸려고 노력하면 바꿀 수 있다. 고착화된 패턴을 부수어야 한다. 그렇게 하려면 평소와 다르게 생각하고 다르게 행동하는 것을 반복하면 된다. 그러면 고착화된 이 패턴도 더 이상 이것이 작동되지 않는다는 것을 알고 도망간다.

그
리
울
때

자주 하늘을 쳐다본다거나 하늘을 볼 때마다 그리운 감정이 든다면 그것은 당신이 하늘에서 왔을 가능성이 높다. 고향을 그리워하듯 하늘을 보는 것이다.

문
제

옳고 그름의 문제가 아니다. 자유의 문제이다.

완
성

세속의 성공을 원한다면 세속의 흐름에 맞추어 살아가야 한다. 나를 완성하는 길은 그러나 세속의 성공과는 다른 길을 걸어야 한다. 외로운 길이다. 하지만 깨달음을 얻은 이들은 항상 자신의 내면소리를 듣고 그것을 따라간 사람들이다.

산
다
는
것

삶을 살아간다는 것은 사실 무엇을 성취하고 이루는 것 보다는 배우고 익히고 비우고 또 배우고 익히고 비우는 또 배우고 익히고 비우는 것의 연속이다. 그것들이 모여서 성취를 이루는 것이지 성취자체를 위해 사는 것은 아니다. 성취를 하지 말라는 이야기가 아니다. 성취를 하는 경험을 통해 스스로를 좀 더 신뢰할 수 있게 된다. 하지만 결국은 살아가는 것 살아내는 것 그것이 의미이다.

완
벽

세상에 완벽한 것은 없다. 오직 서로가 조화를 이룰 때만이 완벽
해진다. 조화를 이루는 것은 완벽함이 모여서 되는 것이 아니다.
그것은 서로 어우러질 때 가능하다. 사실, 우리는 각자대로 완벽
하다. 편견에 사로잡힌 마음이 완벽하다고 생각하지 않을 뿐.

자
유

맞고 틀리고의 문제가 아니다. 맞고 틀리고가 중요한 것이 아니
다. 이미 단단해진 경계에 갇혀 자유롭게 생각할 힘을 잃어버리게
하는 것이 문제이다. 그것을 주의해야 한다.

질
문
하
기

지식과 진리라고 여겨지는 것들에 대해 질문하고 스스로가 얻은
답으로 살아야 한다. 세상을 바라봄에 누군가의 틀로 바라보지 않
고 나의 관점과 판단으로 바라 볼 수 있어야 한다. 나의 삶을 이
끌어 주던 사람, 사상, 종교 등에서 벗어나는 것은 쉬운 것이 아
니다. 그러나 그 편안함에 안주해서 '타'에 기댄다면 나는 스스로
삶의 주인이기를 포기 한 것이다. 가르침을 따르더라도 맹목적인
것이 아닌 스스로 생각하고, 자발적으로 따르는 것이어야 한다.

자
유

권위에 기대어 사는 삶은 편하다. 따로 생각하거나 판단할 필요가 없다. 목표나 방향도 인도자가 설정한 대로 따라가면 된다. 스스로 나아가는 것이 힘들다면 기대어 나아가는 것도 필요하다. 하지만 결국, 나는 정신적인 독립을 맞이해야 한다. 하나의 주체적인 인간으로 살기위해서는 말이다.

독
립

정신적 독립이 어려운 이유는 두려움 때문이다. 자신의 판단에 대한 스스로에 대한 믿음과 자신감이 부족하다. 기존의 질서에 편입되어 산다면 중간은 갈 텐데, 스스로를 믿고 나아간다는 것은 막막한 기다림이다. 쉽지 않은 길이고, 주위에 나와 비슷한 사람이 없으니 어떻게 나아가야 할지도 모르겠다. 그럼에도 독립을 해야 하는 이유는 자유로워지기 위해서이다. 자유로워지기 위해서 감수해야 할 책임의 무게이다. 나의 인생을 '주인의식'을 가지고 살아가기 위한 나의 '무게' 인 것이다.

내게 스승이 있다면 스승을 보라. 그는 누군가에게 얽매인 존재인지 자유로운 존재인지. 어떤 길이 더 옳고 어떤 길이 나를 더욱 진화시켜 줄 것인가. 기존의 질서에 소속되어 나아가는 길은 그 질서 속에서 약간의 앞섬과 뒤처짐이 있을 뿐 그 질서를 벗어난 세상 속에서는 어떤 의미를 가지는 가?

그래서 뭐?

그래서 뭐?

왕년에 내가 어떠했다는 것은 현재의 나와는 상관이 없다.

그래서 뭐?

스스로가 자유인이 되어서 나아간 길은 온전히 나만의 것이다. 누가 인정을 하건 안 하건 내 영혼에는 새겨져 있다. 그리고 그 시간들이 버팀목이 되어 앞으로의 항해도 꾸준히 나아갈 수 있게 도와 줄 것이다.

영
혼
치
유

마음이 아플 때에는 글쓰기를 해 볼 것을 추천한다. 글을 쓰면 내 생각과 감정, 그리고 나 자신 사이에 틈이 생긴다. 그러면 그 틈으로 나를 얽매고 속박시키고 고통을 준 요소들에 대해 객관적으로 바라볼 수 있게 되고 마침내 그것들에 대해 휘둘리지 않게 된다. 아니 휘둘리지 않는 것은 아니지만 덜 휘둘리게 된다. 두 번째, 마음이 우울하다는 것은 쌓아두었기 때문인데 글쓰기를 하면서 쌓아둔 것들을 덜어낼 수 있다. 그렇기 때문에 거짓 없이 써 내려가야 하는 것이다.

일기에서 조차 내 마음을 드러낼 수 없다면 나는 혼자 있을 때에도 솔직해 질 수 없다. 그런 삶은 너무 슬프다. 솔직한 내 모습을 마주하고 글을 써 내려가면 나와의 접속이 점점 깊어질 것이다.

나와 대화하고 나에게 질문하고 내가 어떤 사람인지 알아가는 시간을 가여야 내가 나의 가장 친한 친구가 되고, 나의 '에고'까지 꿰뚫어 볼 수 있다. 자신이 특히 자신에게 관대한 사람인지 아니면 자신을 모질게 대하는 사람인지. 자신의 에고가 어떤 특성을 지녔는지 연구하자. 자신을 찾아 들어가기 시작하면 언젠가 연결되는 것은 본래의 자신, 본성이다. 우주와의 첫 연결이 이루어지는 것이다.

교
감

인간으로서 행복 중 하나는 타인과의 깊은 교감에서 얻는 기쁨이다. 그것은 반드시 언어를 통해 이루어지는 것은 아니다. 어쩌면 언어를 뛰어넘는 행위를 통해 사람은 더욱 근본적인 교류가 가능한지도 모르겠다.

나
를
덕
질
한
다

내 이름 석 자를 뺀 나는 누구일까?
나는 항상 누구누구의 엄마, 부인, 남편이라는 이름으로 불렸다.
직장에서는 직함으로 불렸고
집에서는 누구의 엄마이자 아빠
학교에서는 이름으로

하지만 내 이름도 나라고 할 수 있을까?
내 이름을 빼고, 내 직함을 빼고, 내 역할을 빼고난 나는
뭐라고 불리면 좋을까?
나는 누구인가?
나는 생각한다.
나의 이름, 나이, 외모, 인종, 성별, 직함, 역할
이 모든 것을 제외한 순수한 나의 모습은 무엇인가 하고.

가끔 명상을 하다보면 깊은 고요 속에서 세상과 내가 연결되어
있다는 느낌을 받는다. 너와 내가 본질적으로 다르지 않다는 것을
깨닫는 순간, 사랑이 무엇인지를 느꼈다. 하지만 그래도 개성으로
존재하는 나도 있다. 너와 다른 나만의 특징 이라는 것이 있다.
내가 누구인지를 써 내려가 보자.
가장 소중한 친구인 나에게 써 내려가는 편지를.
내가 누구인지.
내가 좋아하는 일. 어떤 일을 할 때 보람을 느꼈는지.
내가 좋아하는 음식. 겉으로 시작되는 나의 특징부터
가장 깊숙하게 숨겨 두었던 나의 면까지.
얼마나 시간이 걸리더라도 나에 대해서 써 내려가 보자.
태어나서 내가 누구인지, 제대로 파악 해 본 적이 있을까?
다른 사람들은 어떻게 생겼고, 내 아들 딸들이 좋아하는 음식이
무엇인지는 알면서 스스로에 대해 알려고 한 적은 없는 것 같다.
그렇다면 나에 대해서 연구하는 시간을 가져보자.
나와 친하게 되면서, 나와 깊이 있는 대화를 가지는 것이
점점 쉽게 느껴질 것이다.

나
의
인
생

자신의 인생을 동그란 원으로 보았을 때 그 중심에 자신이 서 있
다는 것을 잊지 말자. 다른 부분에 다양한 관계, 감정, 물질, 생각
등이 존재하겠지만 그 모든 것들은 동그란 원 안에서 중심에 있
는 자신의 뜻에 따라 자연스럽게 녹아들어가게 될 것이다. 다양한
요소들에 연연하지 하고 흔들리지 않고 자신의 중심을 잃지 않고
지켜나간다면 자신이 이 세상에 온 이유가 분명하게 보일 것이다.

그 이유를 명확히 알고, 그것을 이루어 나가는 데 집중한다면 그
안에서 자신은 가장 아름다운 존재로 거듭날 것이고, 자신을 둘러
싼 동그란 원은 점점 넓어져 세상을 감싸 안게 될 것이다. 빛으로
가득한 원이 점점 퍼져나가면서 은은한 빛으로 세상을 밝고 따뜻
하게 만들어 가는 자신을 발견하게 될 것이다.

한 사람 한 사람이 퍼뜨리는 빛이 서로 겹쳐지면서 세상을 더욱
더 아름답게 만들어가게 된다. 당신은 그런 아름다운 존재임을 잊
지 말자. 흔들림이 있어도 언제나 중심으로 돌아온다면 빛나는 당
신의 삶이 빛나는 세상을 만들 거라고 믿는다.

노
력

세상에서 가장 먼저 사랑해야 할 대상은 자신이다.
나를 사랑하고서야 상대방도, 신념도, 일도 있는 것이다.
그렇지 않다면, 그 끝은 허무할 뿐입니다.
하지만 나를 사랑한다고 하면, 가만히 있는 것이 아니다.
사랑이란 노력하는 것이기 때문입니다.
자신을 다듬고, 사랑할 줄 아는 사람은
주변에도 좋은 영향을 끼친다.
자신을 사랑하는 사람은 아름다운 분위기를
풍기기 때문에 주변 사람들에게 좋은 에너지를
선사한다.

'아름다움'이란 어디가 잘생기고 예쁘다는 뜻이 아니라
사람이 지니는 분위기나 태도가 아름다울 때
아름답다고 하더라.

혼
자
있
는
시
간

자신을 사랑하는 방법 중 하나는 혼자 있는 시간을 소중하게 쓰
는 것이다. 주변에서 갑자기 변신한 사람들은 대게 스스로 어려움

을 딛고 일어난 분들이더라. 혼자 해결하는 법을 찾아보자. 상대를 필요로 했던 부분을 혼자 해결하고자 노력하다보면 그 과정 속에 깊은 고독감을 맛 볼 수 있고 외로움, 그리움, 서러움의 감정을 느끼기도 한다. 그러면서 내면이 점점 깊어지는 것을 느낄 수 있다. 그러한 감정을 깊이 느끼고 이겨내다 보면 외로워도 '여여'하게 살아갈 수 있는 야생화 같은 사람이 된다. 사랑은 내가 정서적으로 섰을 때 더 잘 할 수 있더라.

놓
여
나
기

감정은 내가 아니다. 어떤 상황에 직면했을 때 감정 패턴이 있다. 어떤 사람은 분노, 어떤 이는 두려움, 어떤 이는 슬픔. 나를 지배하는 감정이 무엇인지 찾아보자. 스스로를 관찰하고 나를 짓누르는 감정을 찾아보자. 나는 감정이 아니다. 감정보다 훨씬 큰 사람이지요, 하지만 거기에 지배될 때는 내가 그 안에 갇혀있게 되지요. 슬픈 마음이 들고 억울한 마음이 들고 배 아프고 아니꼽고 그럴 수 있다. 사람이니까요. 하지만 제일 안 좋은 건 나를 그 상태에 계속 두는 것이다. 왜냐하면 괴로운 상태에서 살아가는 것이니까.

자신을 사랑하는 것은 노력이 필요한 일이다. 나의 부정적인 감정과 자신을 일치시키지는 말자. 물론 부정적인 감정에서 벗어나는 것은 어려운 일이다. 하지만 그 감정을 조금씩 승화시키면서 자유로워져야지 나를 파괴해서는 안 된다 말이다. 왜? 나는 그런 감정보다 더 소중한 사람이니까. 나를 자유롭게 해 주고, 사랑해주고 아껴주자. 나는 이번 생에 만난 가장 소중한 인연이다.

어
떤
사
랑

함께 있으면 왜소해지는 사랑이 있다. 그러한 사랑을 하고 있다면 잠시 멈추어 생각해 보자. 이 사랑이 혹시 집착이 아닐까?
의존하는 마음이 아닐까?
끌려가는 사랑이 아닐까?
상대방이 어떤 모습이건 내가 편안하게 봐라보아 줄 수 있고 그 사랑이 나를 해치지 않는다면 지속할 순 있다. 하지만 내가 자꾸 상처를 입고 아파하게 된다면 그 사랑은 생각해 볼 필요가 있다. 상대 이전에, 나를 사랑하는 것이 우선이니까. 상대는 나에 대한 마음이 사랑이 아닌데, 그럼에도 불구하고 내가 괜찮다면 상관없지만 내가 자꾸 왜소해지는 것 같고 나를 해치는 기분이 든다면 또 내가 시들어가는 것 같다면, 그 사랑을 그만 두는 게 맞지 않을까?

꾸
준
하
게

자주 우울하다 싶은 사람은 남들보다 예민한 센서를 타고 났을 가능성이 높다. 그런 사람들은 남들이 잘 못 느끼는 것들을 느끼고 알아채지만 그 만큼 삶의 스트레스정도가 높을 수 있다. 그러면 우울증이 찾아온다. 이런 때에는 감정 상태를 일정하게 두는 것이 필요하다. 어떤 상황이 오더라도 감정 상태를 일정하게 두려는 연습이 필요해요. 안 그러면 쉽게 상황에 휩쓸리게 되더라.

꾸준하게 무언가를 실천하는 것이 도움이 된다. 외부의 상황에 상관없이, 오늘 나의 기분에 상관없이 '무조건 이건 한다.' 라고 마음을 먹고 규칙적으로 꾸준히 그 일을 하다보면 연필을 오래 쥐었을 때 굳은살이 생기듯 마음에도 굳은살이 생기게 되기때문. 꾸준히 할 수 있는 취미나 일을 찾아 매일 일정시간 동안 '어떤 일이 있어도 빼먹지 않겠다.' 라는 결심을 하고 시작해 본다면 한 달만 지나도 단단해진 자신을 느낄 수 있다.

삶
의
활
력

지금 살아가는 게 너무 귀찮고 힘들면 그냥 주저앉고 싶어진다.
'귀차니즘'은 요즘 사람들이 자주 겪는 증후군이다. 모두들 만사가
귀찮고 의욕이 없나보다. '왜 그런가'하고 생각해보니 삶의 자그마
한 희망이 없어서 그런 것 같다. 나도 그런 것 때문에 주저앉아
울 때가 자주 있다. 그렇다고 해서 삶이 변하지는 않더라. 결국
스스로가 자신을 구제해야 하는 것이었다. 삶의 활력을 주는 것은
의외로 작은 것에서 시작되었다. 편지를 쓴다던가, 시를 쓰는 것,
사진을 찍는 것, 손으로 무언가를 만들어 보는 것, 산책하는 것
등 말이다. 작은 행위들이 삶에 약간의 활력을 보태주고 그것을
발판삼아 또 살아가는 것이더라.

아
껴
주
다

나를 못살게 굴지 말고 아껴줘라.
때때로 생각대로 일이 안 풀릴 때 자책할 때가 있다.
정신차려보면 후회가 된다.
사랑하는 사람이 있으면
그 사람의 마음에 들기 위해 노력하듯
내가 가장 노력을 기울일 대상은 자신이다.
내가 울적해서 녹아내릴 것 같다면
나를 다독이기 위해 노력해야 한다.
가만히 있으면 안 된다.
나를 극복할 수 있는 것도 자신
나의 최대무기도 자신이라는데
마지막까지 포기하지 말아야 하는 것은
'자신'이다.
세상에 태어나
한 생을 살아가면서
싫든 좋든 끝까지 함께 갈 인연은
나 자신이다.
이 글을 쓰는 저도, 이 글을 읽는 당신도
그렇게 약속하고 세상에 태어났다.

성
격

은

운

명

성격을 한자로 쓰면 성(性)자를 쓴다.
그 말은 즉 타고난 거라는 거다.
오죽하면 성격은 운명이라고 한다.
그래서 알았다.
태어난 것은 어쩔 수 없다. 이미 이루어진 일이니까.
남하고 저는 다를 수밖에 없다.
그러니까 남들처럼 되려고 애쓰지 말고
나를 보듬어 주자. 내 안에서 균형을 찾으면 된다.
나와 손잡는 게 먼저이다. 내가 왜 이럴까? 나는 왜 이런 사람일
까? 라고 고민하는 것 보다, 있는 자신을 인정하고 허상의 나를
부수고, 본래의 나를 바라보자. 실제의 자신은 상상의 자신보다
초라하고 못할 수가 있다. 하지만 그것이 나의 모습이고, 실제의
모습입니다. 출발은 항상 자신에서부터 시작한다. 항상, 내가 서
있는 그 지점을 바라보고 나를 솔직하게 인정하고 바라보고 안아
준다면 최악의 경우에라도 희망이 있다

외
로
움

혼자 살게 되면서부터 외로움이라는 감정에 익숙해지고 있다. 나쁘다는 것이 아니다. 외로움의 감정에 익숙해지면서 삶이라는 것이 여럿이 함께 있지만 결국은 홀로 가는 길이라는 것을 느낀다. 명상을 하게 되면서 인간 본연의 감정이 외로움, 그리움, 서러움이라는 것을 느끼게 되었다. 그것은 가장 태곳적 감정이고 가장 순수한 감정이다. 외로움을 그리움을 서러움을 몰랐다면 저는 사람으로 깊어진다는 것이 무슨 뜻인지 몰랐을 것이다. 그러니까 외로워질 때에는 그냥 나를 외롭게 놔두어 보자. 그리워진다면 그 감정을 깊이 간직해 보자. 다른 차원으로 넘어가는 것을 느낄 수 있다. 서럽다면 엉엉 울면서 서러움의 감정을 깊이 느껴보자. 태어난 다는 것이 또 살아간다는 것이 그렇게 외롭고 그립고 서러운 것인 것 같다.

감
사
의
대
상

먼저 감사해야 할 대상은 자신이다. 나를 둘러싼 것들로 인해 내가 성장했지만 나를 키운 가장 직접적인 요인은 다른 것이 아닌 자신이다. 내가 있고서야 살아가는 것이며 세상의 희로애락을 경험하는 것이니까.

가장 감사해야할 대상은 자신이다. 나에게 감사하는 마음이 생기면 세상에도 감사하게 되더라. 내가 나를 사랑하고 만족하면 타인도 사랑할 수 있게 되더라. 누군가를 욕하고 비난하는 마음이 생긴다면 실은 내 마음이 가난하고 행복하지 않기 때문일지도.

가장 감사해야할 대상은 자신이다.

중
심

오랜 세월동안 굳건하게 한 자리에 인내하고 있는 나무를 보면 사람의 마음에 대해 생각하게 된다. 세상에서 제일 믿기 어려운 것이 사람의 마음이다. 어제는 사랑한다고 했지만 어떤 일이 틀어짐으로 다음날은 갈라설 수도 있는 것이 사람의 마음이다. 내가 그렇다. 타인에게 자신을 맡긴다면 타인의 중심에서 나는 언제나 흔들리는 배가 되어버릴지도 모른다.

내가 나의 중심을 세우고 나무처럼 굳건히 서는 연습을 하자. 스스로를 믿고 나무가 되면 내 주변으로 모인 존재들이 쉬어갈 수 있고 떠나가면 떠나가는 대로 오면 오는 대로 그늘을 내어줄 수 있다. 내 중심이 서 있다면 그 존재들이 옆에 있을 때나 없을 때나 나는 그 자리에 서 있을 것이다.

언
어
의
힘

금수저, 은수저, 흙수저라는 말이 있다. 이런 단어를 읊조리며 나의 삶을 한탄할 때가 있다. 물질적인 기준에서 금수저나 은수저의 구분을 있을지라도 그것이 내 삶을 풍요롭게 했는가에 대해서는 절대적인 구분은 아닐 것이다. 물론 이런 구분이 생겨난 사회적 현상에 대해서 이야기하자면 불평등부터 시작해 여러 가지 이슈가 있을 것이다. 하지만 그 이전에 내 마음을 들여다보았다.

언어의 사용은 생각보다 큰 힘이 있다. 그런 단어를 쓰는 것 자체가 결핍을 불러일으킬 때가 있다. 실제로 나는 결핍을 느끼지 않았는데 언어의 사용으로 인해 그런 기분이 드니까. 완벽한 삶은 없는 것 같다. 모두 저마다의 고충과 애환이 있으니까. 하지만 인간은 그런 불완전성으로 인해 나아가고자 노력하는 것이다. 그러니까 부족함이 축복처럼 느껴질 때도 있다. 처음부터 완벽한 삶이라면 그 삶은 과연 행복할까?

인간적인 기준의 행복과 영적인 기준의 행복은 일치하지는 않는 것 같다. 부족하기 때문에 노력하는 삶, 부족하지만 마음은 편안한 삶, 부족하기 때문에 서로 도우는 삶, 불완전하기 때문에 저지르는 실수가 있기 때문에 나는 살아가는 것인지도 모른다. 모든 것이 완벽하고, 실 수 없고 훌륭하다면 항상 그러하다면 나라는 사람이 존재할 필요가 없을지도 모르니까.

라
이
프

삶이라는 것은 시간을 받는 것이다.
이 시간을 어떻게 채울지는 스스로의 몫이다.
우리는 각자 인생이라는 시간을 갖고 세상에 태어난다.
100년 정도의 한정된 시간동안 나는 어떤 삶으로
내 시간을 채울 것인가 생각하면
삶에서 무엇을 잡고 버려야 할지가 보일 수 있다.
세상에서 나만의 시간이 다 했을 때
내가 가지고 갈 수 있는 것이 무엇일까?

그것은 내가 경험한 또 그 경험으로 인해 내가 깨달은 것들이
아닐까 싶다. 그런 것들은 나의 몸속, 영혼 어딘가에 저장되어 몸
을 벗었을 때에도 가져갈 수 있는 것인 것 같다.
그렇다고 해서 물질이 중요하지 않다는 얘기는 아니다.
물질이 있어야 경험을 가능하게 하니까.
하지만 물질이 나를 압도하지는 않았으면 좋겠다.

궁
극
적
예
술

예술분야에 종사하는 사람만이 예술가가 아니다.
특별할 재능으로 자신이 만든 작품을 통해
사람들을 새로운 세계로 인도하는 사람들이 있다.
이런 사람들을 예술가라고 한다.
하지만 궁극적인 차원에서 모든 사람들이 예술가다.
각자가 자신의 삶을 부여 받았다는 점에서
태어났으니까 그저 살아가는 것이라고 생각하기 쉽지만
내 삶은 내가 창조할 수 있는 유일무이한 것이다.
타인이 아닌 나의 삶
하루하루를 새롭게 창조할 수 있는 것도 나이고 그로 인하여
달라지는 것도 나다.

삶을 새롭게 창조하는 것이야말로 궁극적인 예술이라고 생각한다.
삶이 답이라고 나는 늘 생각한다. 그 어떤 예술도 살아가는 것에
우선할 수는 없다고 생각한다.

사
랑
은
하
는
것

자라면서 내가 점점 작아졌던 이유는 내가 나를 사랑하지 않고서
부터였던 것 같다. 어렸을 때는 누구나 신의 마음을 안고 살아가
는 것 같다. 그대로의 자신을 받아들이고 스스로에 대한 의심은
하지 않았는데 머리가 커지면서 사랑이라는 것은 내가 하는 것이
아니라 누군가에게 받는 것이라 생각했다. 그러니까 늘 목마를 수
밖에 없었다.

웃고 싶으면 웃고, 울고 싶으면 울었는데 언제부턴가 마음이 고장
났는데 웃고 싶은데 웃지 않고 울고 싶은데 울지 않게 되었다. 힘
든 날도 있고 즐거운 날도 있고 행복한 날도 있는데 점점 무표정
해진 날들이 많았다. 아마도 내가 나를 사랑하지 않게 되면서부터
그랬던 것 같다. 가장 먼저 사랑해야 할 대상은 나였던 것이다.
내가 나를 사랑하지 않게 되면서 사는 것이 재미없어져 버렸다.
나에게 사과한다.

긍
정
의
힘

부정적인 말들이 내 머릿속을 잠식하지 않도록 애써야 한다. 부정
적인 말에 사람들이 더 쉽게 끌려가는 이유는 긍정적인 말보다
에너지를 적게 써도 되기 때문이다. 부정에 긍정하는 것은 승화된
에너지가 아니라 그냥 '응' 해버리면 된다. 하지만 부정을 승화시
켜 긍정적인 생각으로 바꾸는 것은 한 층 에너지가 들고, 생각을
바꾸어야만 가능하다.

그렇기 때문에 부정에 긍정하는 것이 긍정에 긍정하는 것 보다
쉽다. 부정적인 것을 한 번 더 다른 차원에서 생각하고 긍정적으
로 바꾸는 것은 부정을 순화하는 에너지가 필요하다. 그렇기 때문
에 우리는 부정에 쉽게 잠식당한다. 그 에너지를 우리는 경계해야
한다. 세상은 긍정의 힘으로 나아간다. 긍정은 단순하게 나오는
것이 아니다. 부정을 순화하여 한 차원 높은 에너지로 승화시킨
것이다. 그렇기에 어떤 사안에 긍정적으로 바라본다는 것은 그 만
큼 더 사고하고 희망적인 부분을 찾아 부정에서 긍정으로 치환했
다는 것이다.

부정적인 말은 언뜻 맞는 말처럼 들리지만 그 자체로는 아무런
힘이 없다. 세상은 바꾸는 것은 긍정의 힘이다. 부정적인 말이 내
머릿속을 잠식하지 않도록 하자. 어둠 속에서 빛 한줄기를 찾아
그것을 점점 크게 키워나가서 마침내 어둠을 압도해 버리는 것이
다.

나
는
왜

이런저런 부침 때문에 몸과 마음이 아플 때
이런 생각이 떠올랐다. '난 왜 태어났을까?'
시도 때도 없이 기분이 우울해지니까
대체 왜 이러는 건지
다른 사람들은 열심히 사는데
나를 어렵게 하는 일도 딱히 없는데 왜 이럴까?
싶은거다.

세상에 태어나 가장 소중한 인연이 나인데
그런 자신을 비하한다는 것은 자신한테 제일 나쁜 거라고 한다.
그래도 기분이 걷잡을 수 없이 안 좋아질 때는 그런 생각이 든다.
잘 살고 싶은데 몸이 아파서건 마음이 아파서건
여건이 안 따라 주니까 괴로운 거지 진짜 나를 안 좋을 상태로
몰고 가고 싶은 것은 아니다. 자기비하의 감정이 생기는 이유도
잘하고 싶은데 생각만큼 현실이 안 따라 주니까 부정적으로 감정
이 빠지게 되는 것이다.

혹 여러분도 그럴 때가 있다면 잠깐이라도 좋으니 생각의 흐름을
멈춰 보자. 나를 둘러싼 환경을 평소처럼 돌아보는데 시선만 조금
달리해 보자. 전엔 알지 못했던 나의 새로운 모습을 발견하는 계
기가 될 것이다. 나에 대해서 가장 잘 알고 있는 사람이 나라고
생각했는데, 내가 알지 못하는 다양한 내 모습이 나온다.

처음에는 놀랄지도 모른다. '나한테 이런 면이?' 하고 말이다. 하지만 나에게는 찌질한 면도 괜찮은 면도 못난 면도 다 있다. 그럼 찌질한 나는 거부할 건가? 못난 나는 거부할 건가?
이런 모습도 저런 모습도 껴안아 주자
우선 나 자신부터 끌어안을 수 있어야 한다니까.
그래야 생각도 긍정적으로 흐르고
나를 둘러싼 환경도 긍정적으로
바라보게 될 수 있으니까.
쉽지 않다. 우리는 혼자 하는 것에 익숙하지 못해서.
그래도 해야 한다.
그래도.

나는 '나' 덕후가 될래

살
아
가
기

지구는 학교라고 한다.
그렇담 인생이란 최고의 공부 프로그램이 되겠다.
나는 왜 이럴까?
끊임없이 남과 비교하고
나를 자책해 봤자 답이 없더라.
누구는 잘나고
누구는 못나고
누구는 이런 면이 있는데
나는 그런 면이 없고…….
이렇게 생각하면 시무룩해진다.
불균형한 면을 통해
점점 균형 잡힌 삶으로 나아가는 게
인생이 아닐까 하는 생각이 든다.
아직 일과 인간관계
몸과 마음 사이에서 균형을 잡는 게 힘들다.
어려운 수학문제 만큼이나.
숨고 싶을 때도 많다.
경험치가 쌓이고
사랑이 생기고
지혜를 갖추면
그럴 날이 오겠지.

감정에 관해 전문가들이 많다.
전문가도 아닌 제가 이 글을 쓰는 이유는
'나도 아프고 너도 아픈데
아픈 사람들끼리 살살 나가 보자'
라고 말해 주고 싶었기
때문이다.
지구라는 곳에 태어나
삶이라는 무대를 통해
자신을 극복해 보는 것은
대단한 자신감을 안겨 줄 거라고 생각한다.
세상에는 자신의 자리에서
묵묵히 길을 걷는 사람들이 많이 있다.
남이 알아주건 아니건
이 길의 끝이 어떻게 될지는 아무도 모른다.
우리 이왕이면 서로 안아 줍시다.
힘든 세상이니까.

차
려
먹
기

혼자 사는 사람은 공감할 것이다. 밥하기 싫은 날 대충 시켜서 먹
거나 요리를 해도 예쁜 그릇에 담아내 정식으로 차려 먹기보다는
빨리 먹고 설거지하는 데 초점을 맞춘다. 누가 보는 사람도 없고
어차피 혼자 먹는 건데 뭘. 나도 그렇게 살았다. 그런데 누가 봐
야, 함께 먹을 사람이 있어야 예쁘게 차려 먹나? 날 위해 예쁘게
차려 먹으면 안 되나? 사람은 다른 사람에게 좋은 사람으로 보이

고 싶은 욕망도 있지만 **잘 들여다보면 자신을 제일 좋아한다.**
내가 제일 관심 있는 사람도 나고. 혼자 사는 사람들일수록 더 자신을 잘 대접해주자. 나를 따로 챙겨 줄 사람이 없으니까 내가 나를 아껴 주는 거다. 이 글을 읽고 대충 밥 차려 먹으려고 했던 당신! 예쁜 그릇에 음식을 담고 '근사한 식당에서 밥을 먹는다' 상상하고 편안하게 식사를 해 보자. 그렇게 한 끼를 먹으면 내 안의 든든한 에너지가 차오르는 게 느껴질 것이다. 내가 제일 소중하게 대접해야 할 사람은 나다.

일
기
장

그런 기억 하나쯤 있지 않을까? 초등학교 때 방학숙제 미뤄 두었다가 개학하기 사나흘 전에 부랴부랴 시작한 적 말이다. 미련해서 그런지 절대 미리 하는 법이 없었다. 오빠가 망쳤다고 버린 미술숙제를 내 것 인양 낸 적도 있고 오빠가 저학년 때 쓴 일기를 베껴서 내기도 하고 날짜는 친구 것 보고 했다가 선생님께 틀린 날씨 똑같다고 야단맞은 기억도 난다. 하하!

다른 숙제는 시간이 부족해도 어떻게든 할 수 있었는데 일기의 날씨만큼은 베끼지 않고는 어렵더라. 일기장에 날씨 쓰는 칸이 있다. 그날 날씨가 어땠는지는 도무지 떠오르지 않는다. 초등학교 이후 일기를 안 써도 되니까 살 것 같았는데 막상 일기를 안 써도 되니 허전했다. 친한 친구를 잃은 것 같기도 하고.

스무 살이 되었을 때였다. 서울로 상경해서 친구도 많지 않고 생활도 낯선 때 학교 앞 문구점에서 예쁜 일기장을 샀다. 지금도 기억난다. 노란색 표지가 귀여운 A4 사이즈 노트였다.

그곳에 매일 글을 썼다. 특별한 일이 있지 않아도 뭘 먹었고, 수업시간은 어땠고, 오늘 누구랑 만났는데 무슨 이야기를 했고 흘러가는 대로 글을 썼다. 학교 공부하는 것보다 더 열심히 일기를 썼다. 그런데 이 별것 아닌 습관이 대학 시절을 지탱해 주었다.

외로울 때 일기장을 쥐고 있으면 마음이 편안했고
배가 고프지만 가게 문이 닫혔을 때 일기장을 열어 글을 쓰고 짝사랑 친구에게 애인이 생겼을 때 눈물 콧물 흘리며 글을 쓰고 리포트 소재로 좋은 생각이 떠올랐을 때 배시시 웃으며 글을 쓰고 농담거리가 떠올랐을 때 혼자 낄낄대며 글을 쓰고 신나게 친구들과 여행을 갔다 왔을 때도 글을 썼다.

그렇게 대학 시절 내내 일기를 쓰다 보니
어느새 두툼한 노트 세 권이 꽉 찼다.
지금도 고향 집 책장에 꽂혀 있다.
별 얘기 없지만 대학 시절의 추억이 고스란히 들어 있고
한 때 저란 사람의 단편이 담겨 있는
소중한 보물이다.

왜 그렇게 열심히 글을 썼을까?
누가 봐 주는 것도 아니고, 목적을 가지고 쓴 글도 아닌데.
그 시절의 나는 외로웠다.
또 처음으로 맛본 자유가 소중했다.
그래서 가는 시간을 멈출 수는 없지만
기록이라도 해서 그 시간을 간직하고 싶었던 것이다.

글을 쓴다는 건 신기하다. 머리가 아플 때도 있다.
마감일이 있을 때는 정말 싫다.
그래도 다시 책상 위에 앉아 글을 쓰는 것은
글을 쓰다 보면 가슴에 응어리졌던 무언가
스르륵 하고 풀리기 때문이다.
사람에게서는 느끼지 못한 위로를
글을 통해선 받을 수 있었다.
나와 가장 친할 수 있는 시간
온전히 나하고만 이야기하는 시간
그때가 글을 쓸 때였다.
그래서 내가 나를 만나서 기뻐하는 시간이
글을 쓰는 시간이었다.
그렇게 글에는 마음을 치유하는 힘이 있다.

그럭저럭 잘살고 있지만
때때로 외로운 감정이 밀려올 때
쓸쓸한 기분이 들 때
날 위해 일기장을 선물해보라.
누구한테 전화 걸어 수다 떨 만큼은 아니지만
조금은 허전하고 쓸쓸할 때
일기장에다 속 얘기를 털어 놓아보라.
속 깊은 친구가 되어 줄 것이다.
그 친구는 너 자신이다.

솔
직
함

마음의 병은 털어 놓지는 못하겠고
설령 털어놓는다 한들 해결되지 않을 때 생기더라.
심하게 우울증이 있는 사람을
보통 사람들은 잘 이해하기 어렵다.
사람마다 특성이 다른 것처럼
몸의 센서가 발달한 사람
감정 센서가 발달한 사람
자기가 발달한 부분, 무딘 부분 각자 다르다.

괜히 얘기라도 했다가
'그만한 일로 기분이 우울하고 그러냐?'라는 소리를 들을 때도 있
다. 그러면 괜히 얘기했다 싶기도 하고
'아, 나는 왜 이렇게 작은 일로 우울할까' 자책한다.

마음이 묵직하고 그것 때문에 입맛도 없다?
그러면 자신에게 진지하게 질문을 해 보자.
자신에게조차 솔직하지 못하면 누구에게 솔직해질까?

하지만 자신에게도 솔직한 것이 어려운 노릇이다.
해결의 실마리는 자신에게 있는 거지 남한테 있는 게 아니다.
그런데 현실적으로 헤쳐 나가려니 힘이 들고
피하고 싶으니까 우울함을 핑계로 그 안에 들어앉아 있기도 하다.

내가 그랬다.

내가 지금 마음의 병이 깊어 앓고 있다면
이렇게 된 원인이 분명히 있을 것이다.
솔직하게 물어보자.
내가 왜 우울증이 왔고
이런저런 방법을 써도 치유가 안 되는지.
나 같은 경우는 대개 작은 것을 해결 못 해서
쌓여있었기 때문에 울적해졌답니다.
말로는 거대한 목표를 이루지 못해서
계획했던 일이 어그러져서라고 했지만
오늘 너무 먹고 싶었던 조기구이
종일 조기구이 먹을 생각에 기분 좋아하며 열심히 작업했건만 식
사시간에 조금 늦게 나간 바람에
한 마리도 남아 있지 않으면
주변사람들에게 섭섭한 마음이 들고
그러다 보니 평소에 섭섭했던 것들이 다 떠오르고
나중엔 '다 보기 싫어.'
이렇게 된 경우도 자주 있었다.
하하하, 부끄럽네.
직장 이직 문제로 고민하는 경우라면
내가 너무 자유로운 영혼이라
주어진 틀에 맞추어 살기가 어려운 것인지
그래서 돈은 적게 벌더라도 자유로운 시간을 더 확보해서
그 시간에 창조적인 활동을 할 것인지를 따져 보고.
관계에서 오는 문제로 고민이 된다면
단순히 이 감정이 어려움을 겪고 있는 상대와 푼다거나,
목표하고 있는 일이 이루어진다거나

혹은 맛있는 음식을 먹는다거나 하면 해결될 문제인지 말이다.

나의 경우
나이가 젊었을 때에는
어떤 문제에 대해 결론을 내리지 못하고
고민하는 원인은 욕심 때문이었다.
한쪽을 선택하면 다른 쪽을 포기해야 하는데
둘 다 포기하기가 뭣하니까 끌어안고 있는 거였다.
나이가 좀 들어서는 힘이 없었기 때문이다.
다른 쪽을 선택하려면 그만큼 힘이 있어야 하는데
힘이 없으니까 주저앉게 되기도 했다.
주저앉아 있는 것도 지루하고
나아가는 것도 힘들고
사는 게 그렇다. 어쩌라는 건가. 허허허.

자신에게 진지하게 물어보라
바닥에 자리 잡은 나와 마주하는 것이다.
내가 이렇게 별로였나? 싶을 때도 있다.
하지만 나의 이런 모습, 저런 모습 받아들이면서
나한테 솔직해지는 것이다.
그러면 편안해진다.
최소한 마음은 편안하다.

소
소
한

'허얼~'
이번 달 수입이 얼마 들어왔는지 확인했다.
0원?!!!! (현실이냐 이거?)
프리랜서로 살게 된 후부터는
한 달 수입이 없을 때가 많았다.
그러면 불안해지기 시작한다.
'어쩌지? 아르바이트 하나 더 구할까?'
마음속의 소심이가 고갤 들고 일어나
이때다 싶어 공격하는 게 느껴졌다.
가슴이 두근거리고, 다른 일을 찾아야 하는 건 아닌지
허둥지둥하고 있었다.
경험으로 다른 곳으로 시선을 돌려야 한다는 걸 알았다.
안 그러면 또 우울모드로 들어가
세상을 비관 할 테니
창밖을 보니 날씨도 좋고
봄이라 분홍, 노랑꽃들이 들에 만발했었다.
도저히 집에만 있을 수 없었다.
읍내로 갔다.
자주 가는 빵집으로
고소한 빵 냄새가 행복한 기분을 만들어 주었다 .
주인아주머니는 새로 나온 빵을 맛보라며
조금 잘라 주셨다.
달콤한 우유 크림과 치즈의 조화.

입안에서 살살 녹더라.
맛있네.

달콤하고 쫀득한 찹쌀떡,
우유 크림이 가득 들어 있는 우유빵,
손으로 만든 초코파이,
맛보는 것마다 맛있어서
한 보따리 고르고는 계산대로 갔다.
"요건 보너스."
제가 잘 먹는 것처럼 보였는지 우유빵을
한 봉지 더 넣어 주시는 주인집 아주머니.
행복을 한가득 안고 집에 돌아왔다.
아까의 걱정은 사라지고 없더라.
아니, 있긴 한데 아까보다는 작아져 있었다.
불안해하기보단 글을 쓰든가
아르바이트 자릴 알아보든가.
구체적인 행동을 하는 게 낫다.

머리로는 알고 있지만 실제로는 잘 안 된다.
불안한 감정에 휩싸이면
그 감정을 끊을 수 있어야 하는데
스스로 하는 것이 힘들 때가 있다.
너무하다 싶을 정도로 무기력했던 때도 있다.
처음에는 손톱만 한 불안함이 눈덩이처럼
커질 때도 있고요.
그때에는 집중할 곳을 다른 데로 돌려야 하더라.
생각의 흐름을 끊고 말이죠.
기분이 좋아지면

감정상태도 좋아지고
감정이 좋아지면 그 힘으로
생각도 긍정적으로 변한다는 것을
느꼈다.
어쨌든 치닫는 감정을 끊어주어야 한다.
그리고 끊는 방법으로는 몸을 움직이거나
관심을 빨리 다른 곳으로 돌려야 한다.
그리고 30분쯤 지나면
불안함이 줄어들어 있다.
경험으로 얘기한다.
얼른 일어나 춤이라도 춘다거나
나를 기분 좋게 해 주는 행동을 해라.
소심이가 처음에는 공격했다가
나중엔 언제 공격했다는 듯 자기가 더 들떠서 좋아할 때도 있다.

결
정
장
애

'결정 장애'라는 말이 있다.
제가 딱 그 꼴이다.
선택하느냐 마느냐, 두 가지만 놓고 간단하게 생각하면 되는데 선
택을 했을 경우에 일어날 일
선택을 안 했을 경우에 일어날 일까지
온갖 상상을 다 한다.
결정하는 게 어려운 이유가 여러 가지가 있다.
저의 경우 가장 큰 이유는 미련 때문이더라.

익숙한 것과 작별하는 것에 대한 아쉬움
새로운 것을 시작해야 한다는 두려움
무언가를 잃는 것에 대한 두려움 보다는
안 해도 좋을 경험을 하게 되는 것일까 봐
망설이게 되더라.
원래 인생은 앞날을 알 수 없기 때문에
설레는 거라고는 하지만.
그런데 같은 이유로 머무르고 싶기도 하다.
무서우니까.
왜 결정하는 것이 어려운가 생각해 보니
미련이 많은 성격이기도 하고
또 버리는 걸 아까워하더라.
버리는 게 왜 어려운지 원인을 파고 들어갔더니
어떤 일을 이루기까지 들였던 노력이 아까웠기 때문이었다.
하지만 단순한 게 답이더라.
여전히 생활 속에서 연습 중이긴 하지만
하느냐, 마느냐
둘 중에서 선택을 해야 하더라.
둘 다 가질 수는 없었다.

변명 같은 얘기지만 이런 성격의 장점도 있다.
선택을 빨리 끝내고 나아가는 사람들은
진취적인 면도 있지만 그만큼 냉정했다.
냉정해야 할 때는 냉정해야 하지만
엉뚱한 부분에서 냉정하더라.
타인을 공감하는 능력이 많이 떨어진다거나
사람보다는 돈, 아니면 결과위주의 사고방식을 가진 경우였다.
그것이 나쁘다는 것은 아니지만 일상에서조차

그럴 필요는 없지 않을까?
그래서 미련 많은 점을
부정적으로 여기지는 않으려고 한다.
어떤 측면에서는 따듯하다는 거니까.

이러지도 못하고 저러지도 못하는 당신께 연민이 든다면
고민하는 사안을 한 번 버려 보라.
속으로는 벌벌 떨지만
겉으로는 '될 대로 되라!' 하면서
탁 버려 보는 거다.
버리고 난 다음에는 신경 쓰지 않도록 노력하고.
그렇다고 완전히 버려지는 것은 또 아니다.
하지만 연습을 해 보는 거다.

직감적으로 떠오르는 대로 결정하고
일주일간 같은 사안에 대해 생각 안 하고 지내기
일주일간 잘 되었다면 한 달로 늘려 보고
두 달로 기간을 연장해 보는 거예요.
작게 시간을 쪼개면 견딜힘이 생기더라.
인생에도 매뉴얼이 있었으면 좋겠다.
그러면 따라 할 텐데.
학교에서 이런 것들을 배웠더라면 지금 덜 고생할 텐데.

착
함

일에 빠져 허우적댈 때가 있었다.
그날도 일 때문에 밤을 지새우던 때
곰곰이 생각해 보았다.
'뭣 때문에 이러고 있지?'
가만히 생각해 봤더니
제가 하고 있는 일 절반은 다른 사람의 부탁이었다.
면전에 대고 말하면 거절을 잘 못 하는 성격 탓에
이 사람 저 사람 부탁해 오면
처리도 못 하면서 일을 받았던 것이다.

나중에는 제 일 처리를 똑바로 못하게 되면서
상사에게 싫은 소리를 들어야 했을 때
내가 왜 그랬는지 곰곰이 생각해 봤다.
맘속에 좋은 사람으로 비치고 싶은
욕망이 있었다.
또 일 잘하는 사람으로 인정도 받고 싶었고.
그래서 정작 잃어버린 건 나였다.
나한테 제일 잘해야 하는데
내가 나한테 제일 소중한 친구이자
애인이 되어야 하는데
'착하다'는 것의 의미를
다른 사람에게 잘하는 거라고 배운 탓에
중요한 자신을 잃어버린 것이었다.
그 후엔 일이 들어오면 마냥 받지 않고

거절을 한다거나
생각해 보겠다고 하고
내가 할 수 있는지 없는지를
따져 보았어요.
그 탓에 변했다는 소리도 듣고
다른 사람들이
서운해 하는 눈초리도 받아야 했지만
날 위해 단호해 질 필요가 있다.

걷
기
예
찬

"하루에 한 시간씩 걸어. 땀 흘려 걸으면 더 좋고."
우울한 기분 때문에 힘들어할 때
한의사 친구가 권해 준 방법이에요.
우리 몸에 오장육부가 있는데 그 밖에
장부가 하나 더 있댄다.
심포삼초(心包三焦) 라는 건데
면역력, 생명력, 저항력을
담당하는 장부라고 하더라.
우리 눈에 보이지는 않지만
중요한 장부라고 했다.
그런데 심포삼초를 강하게 해 주는
방법으로 걷기가 있다고 한다.

신경이 예민해졌을 때

힘이 없을 때
우울할 때
자주 걸어 보자.
봄이 왔다.
낮에 햇빛을 받으며 걸으면 더욱 좋다.
발바닥이 자극되고
신경이 느슨해지고
마음이 편안해진다.
30분이상은 걸어야 몸이 반응한다.
기분이 울적할 때는
마음을 움직여서 푸는 방법도 있지만
몸을 움직여서 푸는 방법도 있다.
몸과 마음은 서로 연결되어 있으니까.

한
가
지
감
정

몸과 마음을 움직이지 않아서 생기는 병을 우울증이라고 한다면
너무 많이 움직여서 생기는 병을 조울증이라고 한다.
기분의 변화가 너무 심한 것이다.
좋을 때는 너무 좋아하다가 안 좋을 때는
푹 가라앉아서 아무것도 하기 싫어하고
잠수를 타 버리는 경우를 말한다.

마음의 움직임이 너무 많은 것도 참 피곤한 노릇이다.
이런 경우에는 발산을 해서 풀어야 하는
우울증과는 달리 같은 감정 상태를 유지하는
연습이 필요하다.
감정도 일종의 에너지원이라서
많이 쓰게 되면 몸이 지치는 것을 느낄 수 있다.
제일 좋은 것은 느끼되 빨리
그 감정을 잊어버리는 것이다.
좋은 감정도 싫은 감정도 내 몸속으로 들어왔을 때
잠깐 느끼고 빨리 잊는 것이다.

신경이 예민한 분들은 감정에도 예민하게 반응하니까
다른 사람들보다 감정을 잊는 게 더 어려울 것이다.
하지만 예민하기 때문에 무뎌지는 연습을 열심히 하는 수밖에 없

다. 나의 몸과 마음의 건강을 위해서. 감정이 롤러코스터처럼 오르락내리락 자주 하는 분들은 마냥 웃거나 즐겁게 지내라고 권하고 싶진 않다. 왜냐하면 반대급부로 우울한 시간을 보내는 경우가 생기기 때문이다.

같은 감정 상태를 유지하는 연습을 위해서는
자신의 일이 아니면 되도록 신경을 끈다거나
물리적으로 한 점을 지속적으로 바라본다거나,
어떤 일을 꾸준히 하는 습관을 들이면 효과가 있을 것 같다.

매일 일정한 시간에 일정한 일을 반복하는
연습을 하다 보면 힘이 붙게 된다.
그러면 그 힘으로 자신의 감정을 조절할 능력도 향상된다.
자주 변화하는 감정 상태를 꾸준한 행위를
반복함으로써 마음 붙들어 맬 곳을 만들어 놓으면 차분해지는 효과가 있었다.

슬
픈
기
쁨

나는 왜 감정이 이렇게 많을까?
감정이 많으니까 생각이 많아지고
온종일 뒤통수에 고민 덩어리가
대롱대롱 매달리니까
마음이 무거웠다.

마음이 무거워지니
몸도 잘 안 움직이게 되었다.
대체 왜 이러는 건지
근본적으로 알고 싶었다.

알아봤더니 학교에 가지 않고도
온라인으로도 강좌를 들을 수 있었다.
상담심리강좌가 있어
내 마음부터 치료하자 싶어
수강신청을 했다.

프로이트, 융, 아들러 등
평소 이름만 들어 봤던 심리학자들의
이론을 접할 수 있었다.
그중에서도 아들러의 심리학이
와 닿았다.

아들러 자체가 열등감이 많았는데
이를 극복하기 위해 노력하고
결국엔 자신만의 이론을 만든 거니까.
그래서 공감이 갔다고 해야 할까?
위로가 되었다.

또 사주와 팔체질을 공부했다.
나 자신을 나타내는 수 기운은 약하고,
화 기운이 많더라.
그러다 보니 심장이 자주 두근거리고
이유 없이 화가 나거나 불안하고 또 급한 성격에

얼굴도 자주 붉어지는 현상이 잘 생겼다.
사고로 얻은 공황장애도 한 몫한다.
화는 발산해야 하는 성질이 있는데
그것을 제대로 발산하지 못하고 꾹꾹 눌러 두는 경우
우울증이 올 수 있고, 반대로 너무 자주 발산하다 보면
반대급부로 우울증이 오는 경우도 있었다.

화가 잘못 발산되면
주변인들을 혹은 나를 해치게 된다.
화를 벌컥 내면서 내 몸을 상하게 하고
다른 사람들에게 마음의 상처를 줄 수가 있다.

그럼 당연히 나도 상처를 입는다.
그래서 화 기운이 많은 사람들은 넘치는 화 기운을
예술 활동을 하는 쪽으로 쓴다면
자신에게도 바람직하고 주변에도 좋은 영향을 주는 거니까

화가 난다 싶으면 그 에너지를
얼른 다른 쪽으로 돌려 보려는
노력이 필요하단 걸 알았다.
하지만 굉장히 어렵다는 거, 겪어 봐서 안다.
자신을 극복한다는 게 어렵다.

나에 대해 끊임없이 탐구하고
대충 불균형의 원인을 알았다 해도
그것을 고치는 것은 또 다른 문제더라.

일상에서 끊임없이 일어나는

마음의 부침을 조절하기 위해
정말이지 별의별 방법을 다 써 본다.
조화로운 상태로 간다는 게
생각만큼 쉬운 것이 아니더라.
아마 평생 계속될 것이다.

나
를
지
탱
해
준
시
간

혼자 살게 된 이후부터는
시시때때로 외로운 감정이 밀려와 힘들 때가 있었다.
대학 때는 주변에 함께 자취를 하거나 하숙을 하는 친구들도 많
아서 외롭다 싶으면 친구네 집에서 영화를 보거나 함께 노래를
불렀다.

직장에 다닌 후에는 직장 동료들이 있었지만
대학 시절의 친구와는 다른 거리감이 있었다.
서로의 사생활이 있으니까 존중할 필요도 있었고.
지금은 혼자 지낼 때가 많다.
일주일간 말 한마디 안 할 때도 있다.
혼자 있다 보니 조금은 느릿하고 천천히 가는 일상이지만
이제는 막 바쁘게 사는 삶이 상상이 잘 안 간다.

여유가 없으면 우울해지기도 한다.
혼자 사는 삶이라 나태해지기에 십상이지만
일과대로 살아가려고 노력 중이다.
외로운 것은 괜찮은데 세상과 고립되지 않기 위해
균형을 찾는 것이 중요한 시기가 되었다.

사춘기에 접어들면서부터 친구들과 밖에 나가서
어울리는 것보다 책 읽고 편지 쓰는 걸 좋아했다.
대학에 들어와서는 도서관에서 어둑해질 때까지
한자리에 앉아 책 읽는 것을 즐겼다.
수업이 끝난 오후 캠퍼스는 어딘가 쓸쓸한 기운이 맴돈다.
학생들은 집으로 돌아가고,
저만 오도카니 남아 있는 것 같은 기분.

그러면 도서관으로 냅다 달려가서 읽고 싶었던 책을 잔뜩 쌓아
놓고 읽거나 주말에는 어마어마한 양의 만화책을
동네 만화방에서 빌려서 읽었다.
책 속에는 다양한 인물이 나온다.
다들 평범하지 않다.
어딘가 일그러져 있고 고민거리를 안고 있으니까
왠지 나 같기도 해서 인물에 동화되고 낄낄대면서
작가와 온전하게 접속되는 느낌이 좋았다.
친한 친구가 한 명 생긴 것 같았다.

혼자 있을 때
스스로 해결하려고 노력하다 보니
몇 년 후에는 외로움이 밀려와도
그 감정에 대해 심각하게 고민을 한다거나

아니면 빠져든다거나 하지 않고
그냥 그 상태를 견딜 수 있게 되었다.

뭐라고 설명하기는 어려운데
일만 시간의 법칙이라고 한다.
이 경우에도 적용이 되는지는 모르겠지만
비슷한 감정을 오래 겪다 보니
그 감정을 겪은 시간이 내 자리를 단단하게 만들어 주어
나를 지탱해 주더라.

결국엔 그렇게 혼자였던 시간이
작가 생활을 버티게 하고
독립적으로 살 수 있도록 도와주었다.
외로웠던 시간들.
혼자 있어서 힘들었던 시간들.
그 시간들을 견딘 후에 남는 것은
더 이상 외로워지는 것을
두려워하지 않게 되는 것을 배웠다.

물론 함께 있으면 더욱 좋다.
하지만 혼자 있는 것을 덜 두려워하게 되었다는 것이다.
외로운 건 그때나 지금이나 같지만
옛날에는 외로워지지 않으려 억지로 두 팔 두 다리 뻗치고
안 떨어지려고 애를 썼다면

이제는 그 속으로 들어가는 것이다.
물론 그 속에 너무 오래 있으면 안 되니까
바람도 쐬고 햇빛도 통하게 해야 한다는 걸 안다.

그러니 여러분, 외로워도 괜찮아요.
그 시간들이 여러분을 지탱해 줄 날이 분명 찾아올 것이다.
인생은 사실, 함께 걸어가고 있지만 혼자이다.

김예진〉 19년째 명상을 해 오고 있습니다. 바다가 내려다보이는 시골에 살면서 좋은 글을 쓰기 위해 노력중입니다. 명상을 하며 깨달은 것들, 명상 선생님께 배운 것들을 세상과 나누고 싶고 함께 유학중인 지구별 친구를 만나고 싶어서 책 펴냈습니다. 시나리오와 동화, 명상 책을 씁니다. 낸 책으로는 〈어린이를 위한 어린이 인권보고서〉, 〈마을이 돌아왔다〉, 〈허난설헌 1,2〉, 〈세계최초 군주혁명가〉, 〈조선의 별, 추사 김정희〉 등이 있습니다.

*폰트, 나눔명조/표지및내지이미지 pixabay무료상업이미지 ©saydu89
©ninikvaratskhelia
*표지 &내지디자인 ©저자본인

호기심 많은 네가 지구별에 내려왔어
-사는 게 조금 서툰 당신에게-

발 행 | 2023년 4월 15일
저 자 | 김예진
펴낸이 | 한건희
펴낸곳 | 주식회사 부크크
출판사등록 | 2014.07.15.(제2014-16호)
주 소 | 서울특별시 금천구 가산디지털1로 119 SK트윈타워 A동 305호
전 화 | 1670-8316
이메일 | info@bookk.co.kr

ISBN | 979-11-410-2329-4

www.bookk.co.kr